MICK MOONEY

Gottes Grammatik

W0358742

MICK MOONEY

Gottes Grammatik

Roman

Grace today
VERLAG

Originally published in English under the title *God's Grammar*
Copyright © 2012 Mick Mooney
All rights reserved.

Aus dem Englischen übersetzt von Barbara Trebing.

Die Deutsche Nationalbibliothek verzeichnet diese Publikation in der Deutschen Nationalbibliografie; detaillierte bibliografische Daten sind im Internet über http://dnb.d-nb.de abrufbar.

Umschlaggestaltung: spoon design, Olaf Johannson
Umschlagbild: Mick Mooney
Illustration: Shutterstock.com
Lektorat: Gabriele Pässler, Sonja Braune
Satz: Grace today Verlag
Digitaldruck: CPI – Clausen & Bosse, Leck
Printed in Germany

1. Auflage 2013
© 2013 Grace today Verlag, Schotten
ISBN 978-3-943597-40-0, Bestellnummer 371 740
Dieser Titel ist auch als eBook erschienen.

Nachdruck und Vervielfältigung, auch auszugsweise, nur mit Genehmigung des Verlages.

www.gracetoday.de

Für meine Frau Mira

Danke. Für alles.

Der Traum

Sam erwachte aus tiefem Schlaf. Einem seltsamen Schlaf. In seinem Kopf drehte sich alles. Hatte Gott zu ihm geredet? Ihn *korrigiert*? Schon eigenartig, dass Gott jemanden im Schlaf korrigierte, oder nicht? Es wäre vielleicht nicht so bizarr, wenn es sich um irgendeinen moralischen Fehltritt gehandelt hätte, aber es ging um etwas Anderes.

Hatte Gott gerade seine – *Grammatik* korrigiert?

Er blieb noch ein Weilchen liegen und versuchte, sich die Einzelheiten ins Gedächtnis zurückzurufen. Aber sie waren ihm bereits entschwunden. Er konnte sich nur noch erinnern, dass sie eine Diskussion gehabt hatten, bei der es irgendwie um Grammatik ging. Eher peinlich, egal mit wem man darüber diskutiert. Denn offen gesagt wusste er nicht einmal genau, was der Unterschied zwischen einem Substantiv und einem Verb war, ganz zu schweigen von Präsens und Perfekt.

Grammatik? Wer kümmerte sich denn heute noch um Grammatik?

Nun, offensichtlich Gott.

Der Anfang

Langsam schlug er die Augen auf. Normalerweise sprang er schnell aus dem Bett, aber heute Morgen nicht. Nein, heute hatte er glücklicherweise Gesellschaft und das verlangte eine andere Routine. Er würde sich leise hinausschleichen und ausgiebig duschen. Es bestand eine klitzekleine Aussicht, dass sie bleiben würde.

Neben ihm lag Jessica. Oder war es Jennifer? Joyce? Auf jeden Fall fing ihr Name mit einem »J« an. Namen konnte er sich einfach nicht merken – noch nie. Im normalen Leben war es nicht schwer, solche peinlichen Momente zu umgehen. »He, Kumpel«, war sein Standardspruch. Aber eine nackte Frau, die zum ersten Mal in seinem Bett aufwachte, *Kumpel* zu nennen, das ging nicht. Das ging nun überhaupt nicht.

Er erinnerte sich noch daran, als er das zum ersten Mal getan hatte. Die arme Blondine drehte sich um und schaute ständig über ihre Schulter, als hätte er hinter dem Bett einen seiner Fußballkumpel versteckt. Sie war wie vom Donner gerührt gewesen und das zu Recht. Er hätte sie doch wenigstens *Schätzchen* nennen können, das hätte bestimmt Wunder gewirkt, aber *Kumpel*? Der Gedanke ließ ihn jetzt noch zusammenzucken, während er langsam den Rückzug antrat.

Er bahnte sich einen Weg durch das Chaos von Schuhen, Kleidern und Illustrierten, die in wildem Durcheinander auf dem Fußboden lagen und schaffte es geräuschlos aus dem Schlafzimmer. Die Tür ließ er einen Spalt offen. Er drehte sich noch einmal um und warf einen letzten Blick durch die Öffnung.

Julie? Ja, definitiv Julie – vielleicht.

Im engen Flur stapelten sich Unmengen ausgeblichener Turnschuhe ohne Rücksicht auf die Sicherheit eventueller Passanten. Vor ihm lag die Wohnungstür, links davon ging es ins Bad und rechts ins Wohnzimmer. Er bog scharf nach links ins Badezimmer ab. Hätte er nach rechts geschaut, dann wäre ihm aufgefallen, dass dort ein ungebetener Fremder ganz entspannt auf seinem Sofa saß. Im Moment jedoch hatte er anderes im Kopf.

Im Bad begrüßte ihn sein Spiegelbild. Die braunen Augen waren rot unterlaufen, das Haar war unordentlich. Ehrlich gesagt sah es sogar nach dem Duschen nie besser aus. Unordentlich. Immer unordentlich. Aber wenigstens sah er aus wie glatt rasiert. Damit prahlte er, als sei es eine Tugend. Die peinliche Wahrheit allerdings war, dass ihm kein Bart wachsen wollte. Hätte er einen, dann sähe er bestimmt scheußlich aus. Dafür würde schon seine Faulheit sorgen. Doch aus irgendeinem, ihm nicht bekannten, Grund wollte ihm einfach kein Männerbart wachsen. Höchstens ein kleiner Kinnbart wie bei einem Halbwüchsigen. Vor einem Jahrzehnt hätte das vielleicht noch gereicht, aber heute wäre es einfach nur peinlich. Ernsthaft, er kannte keinen anderen Sechsundzwanzigjährigen, dem immer noch so ein Flaum im Gesicht spross.

Wieso konnte er nicht männlich wirken? Er war sechsundzwanzig und ein Mann, aber immer noch nicht männlich. Manche seiner Freunde rasierten sich, seit sie fünfzehn waren. Wenn sie es morgens taten, hatten sie bis zum Ende des Unterrichts praktisch schon wieder einen Vollbart. Fünfzehnjährige Jungen mit einem Bart. Nein, danke. Allein die Erinnerung daran ließ ihn erschauern. Bartlos war besser.

Beim Duschen überlegte er, was er mit Julie machen sollte. Es war mehr als fair, ihr eine Chance zu geben, sich davonzustehlen. Dafür ging man am Morgen ja unter die Dusche. Es war gegen die Etikette, diese Möglichkeit nicht einzuräumen. Wenn Julie gehen wollte, dann war jetzt die Gelegenheit. *Julie*? Oder vielleicht doch Janice?

Die Fragen schwirrten ihm weiter durch den Kopf. Würde sie bleiben, vielleicht sogar am Abend noch einmal mit ihm ausgehen? Oder würde sie abhauen und nie wieder einen Gedanken an ihn verschwenden? Als die wohltuende Wärme sich über seinen Körper ergoss, schmolzen auch die Fragen dahin. Erst als er das heiße Wasser abstellte, holte ihn auch die Wirklichkeit wieder ein.

Er wickelte sich das Handtuch um die Hüften, holte tief Luft und machte sich so leise wie möglich zurück auf den Weg ins Schlafzimmer. Vielleicht war sie ja noch da, redete er sich ein. Eigentlich war sie ganz hübsch und am Vorabend hatten sie sich auf Anhieb verstanden. Er war gut in Form gewesen. Lustig, aber nicht albern. Manchmal verwandelten sich seine Nächte in ein nie endendes Verlangen nach Bourbon. Solche Anfälle gingen nie gut aus, aber gestern Abend war es anders gewesen. Nicht zu viel Alkohol, gerade genug, um die Hemmungen abzulegen und in Stimmung zu kommen.

Anfangs war sie etwas schüchtern gewesen, aber nachdem er erst einmal mit seinen witzigen Bemerkungen losgelegt hatte, hatte sie sich als ziemlich ebenbürtig erwiesen. Obwohl ihm zuerst ihre Schönheit aufgefallen war, war es ihr Humor, der seine Aufmerksamkeit aufrechterhielt. Sie hatte große blaue Augen und eine zarte Figur. Das rote Kleid reichte ihr bis knapp unters Knie. Zu Sams Enttäuschung versuchte sie nicht zu klammern. Gleichzeitig gewann sie damit aber auch seinen Respekt. Nur selten begegnete er Frauen, deren Schönheit im Schatten ihrer Persönlichkeit stehen bleiben musste. Und dabei war sie ausgerechnet eine Diplomstudentin in Wirtschaft.

»Du bist viel zu hübsch für ein Wirtschaftsstudium«, hatte er zu ihr gesagt, während sie etwas unbeholfen über die Tanzfläche glitten.

»Wieso sollen Ökonomen nicht sexy sein können?«, hatte sie entgegnet und war seinem Blick ausgewichen, bis sie die Fassung zurückgewonnen hatte. Sie ging nur selten in Klubs und auch wenn er das fast nicht glauben konnte, sie hatte noch nie einen Abend damit verbracht, mit einem Fremden zu tanzen. Als sie ihn fragte, womit er seinen Lebensunterhalt verdiente, hatte er erwidert, er sei Produkt- und Verpackungsdesigner »zwischen zwei Jobs«.

Arbeitslos, hatte sie bei sich gedacht. Ihr war es egal. Er war witzig und sein Lächeln gefiel ihr.

Das war gestern Abend.

Sam holte noch einmal Luft und versuchte, etwas Hoffnung einzuatmen. Vielleicht war sie noch da – unter der Decke – und wartete aufs Frühstück. Ein nettes Mädchen und so hübsch. Ein nettes, hübsches Mädchen, dessen Name auf jeden Fall mit einem »J« anfing. Ja, sie waren füreinander geschaffen. Ein Neubeginn. Sachte stieß er die Tür auf und blinzelte ins Schlafzimmer. Es war leer.

Gut. Lieber jetzt als später.

In solchen Momenten zog er sich in sich selbst zurück. In der wirklichen Welt rührte die Enttäuschung wieder ihre Kriegstrommel. Aber er hatte den Kampf schon viel zu oft verloren. Anstatt sich ihm zu stellen, zog er sich lieber an einen Ort zurück, an dem er sicher war. Sams Seele war so weit wie das All, aber er hatte noch nie versucht, alle ihre Möglichkeiten auszuloten. Nein, die Zufluchtsstätte in seiner Seele, in seinem Unterbewusstsein, war ein wohlbehütetes Heiligtum. Dessen Fundamente waren gelegt worden, als er noch klein war. Wiederholte Enttäuschungen und Verrat hatten ihm geholfen, es im Lauf der Jahre immer weiter auszubauen, aber sein volles Potenzial erreichte es erst, nachdem Elizabeth ihn verlassen hatte. Erwartungsvoll streckte er die Finger aus und tastete sich durch den staubigen Hof vor zu der Wand, die nach Norden zeigte. Wenn er dort war, fühlte er sich wie betäubt, und doch hatten die warmen Steine eine gewisse Anziehungskraft. Er ließ die Hände locker darauf ruhen. Dann trat er näher und lehnte sich mit dem ganzen Körper an die Mauer.

»Hier gehöre ich hin«, flüsterte er.

Die Festung war eine absolut symmetrische Anlage mit einem riesigen sandigen Hof. Die Mauern, auch wenn sie nur in seiner Fantasie existierten, fühlten sich so echt an wie die, die ihn in der wirklichen Welt einschlossen. Hellgelb und dicht standen sie triumphierend an allen Seiten. Zwei große Scheinwerfer, die an den beiden Enden der Nordwand hingen, erhellten den leeren Hof. Es gab kein natürliches Licht. Das war Absicht.

Das Gewicht der Decke ruhte auf zehn tragenden Säulen. Jede einzelne von ihnen ragte stolz und unerschütterlich in die Höhe. Sie waren ein Zeichen der Macht, aber auch ein ständiger Grund zur Besorgnis. Denn jede dieser Säulen blockierte systematisch einen Teil des Lichts, das von den Scheinwerfern ausging, und schuf lange Schatten, die sich trafen und in der Mitte des Hofes eine Trennlinie bildeten. Sam hasste die Dunkelheit. Er blieb immer nördlich dieser Linie. Die Südseite gehörte dem General, einem Mitbewohner der Festung.

Er kroch so dicht er konnte heran, bis sein rechter Fuß nicht mehr weiter wollte, nur Zentimeter von der Dunkelheit entfernt. Weder er noch der General hatten die Grenze je überschritten. Das war eine unausgesprochene Übereinkunft.

»Willkommen zurück, Kamerad. Was gibt's Neues?«, fragte der General.

»Gott hat letzte Nacht in einem Traum zu mir gesprochen.«

»Zu dir? Der Gott, der sich von dir zurückgezogen, der dich all diese Jahre konsequent im Stich gelassen hat?«

Sam schwieg einen Moment und suchte nach einer Antwort. »Ich glaube, ja«, erwiderte er.

»Was wollte er? Hat er sich endlich entschuldigt?«

»Nein. Er hat mir angeboten – mir etwas beizubringen.«

Der General holte tief Luft und brüllte dann verdutzt: »Kamerad, er hat die Dreistigkeit, dir etwas beibringen zu wollen? Aber muss man dir denn etwas beibringen? Sag mir, was brauchst du wirklich?«

Sam wusste, was er brauchte. Er wusste, was der General hören wollte.

»Schutz.«

»Genau. Und was bietet dir Schutz?«

»Diese Mauern. Aber ...«

»Kein Aber!«, brüllte der General. »Unterschätze nicht die Macht, die dieser Ort hat. Er ist alles, was du hast. Er ist gebaut worden, um das zu tun, was Gott nicht für dich tut. Dies hier ist deine Zuflucht«, fügte er dann noch in ruhigem Ton hinzu.

Sam blieb still und warf über die Schulter einen Blick zur Nordwand.

»Es war ja auch nichts, nur ein dummer Traum«, sagte er schließlich und zog sich wieder in die bewusste Wirklichkeit zurück.

~

Er atmete durch und ging durchs Wohnzimmer in die Küche, den Blick auf den Boden geheftet. Jetzt brauchte er einen Kaffee. Der ungebetene Fremde, auf dem Sofa ausgestreckt, sah ihn vorbeigehen. Als Sam sich die erste Tasse eingoss, klingelte das Telefon.

»Liebling, ich bin's, deine Mutter ...«, äffte er spöttisch nach. Er hatte nicht die Kraft, schon wieder mit ihr zu streiten. Sollte doch der Anrufbeantworter drangehen.

»Liebling, ich bin's, deine Mutter. Hör mal, ich weiß, dass du an Weihnachten keinen Truthahn willst und dass wir das schon besprochen haben. Aber ganz ehrlich, ich kann mir das Fest einfach nicht ohne vorstellen. Außerdem sind die Puten gerade im Angebot, nur heute. Bitte, Schatz, ruf mich zurück. Irgendwie gehst du mit deiner Abneigung gegen Pute jetzt wirklich zu weit. Ehrlich, du bist ... ach, was soll's. Ruf mich zurück, Liebling, und – frohe Weihnachten.«

Er musste sich der Sache stellen. Es war unvermeidlich. Er seufzte. Er hatte seine Mutter gern. Er würde keinen Bissen herunterbringen, aber wenn sie Spaß daran hatte, den Festvogel zu braten, dann wollte er ihr die Freude nicht verderben.

Letztes Jahr, nachdem seine Beziehung in die Brüche gegangen war, hatte er beschlossen zu reisen, in der Hoffnung, Neues zu entdecken, vielleicht sogar sich selbst. Seine Freunde waren nach dem Studium in der Welt herumgereist und ihre Geschichten waren legendär. Saufen. In Luxushotels jobben. Sonne. Strand. Frauen. Noch mehr Frauen. Er hatte die Aufforderungen zum Mitkommen ausgeschlagen. Damals war er glücklich mit Elizabeth und sie lernte, mit ihm glücklich zu sein. Hatte er zumindest gedacht.

Tatsächlich war sie nie wirklich glücklich gewesen. Fast neun Monate lang hatte sie geplant, ihn zu verlassen, bevor sie »plötzlich« die Verbindung löste. Er fand es unglaublich, dass sie es nicht einmal im direkten Gegenüber tat. Zwar hatte sie versucht, mit ihm darüber zu reden, mindestens zweimal, aber sie hatte ihn nicht davon überzeugen können, dass es ihr ernst war. Schließlich hatte sie einfach eine Notiz auf dem Küchentisch hinterlassen, einen Abschiedsgruß, der ihn für immer an ihre verlorene Liebe erinnern würde.

Dass eine ihrer Freundinnen ihm erzählte, sie sei nach Europa gegangen, hatte mit seiner Entscheidung, nach London zu fliegen, nichts zu tun. Überhaupt nichts. Sicher, es bestand die Möglichkeit, dass er sie zufällig irgendwo traf. Sie war zwar nicht groß, aber es war auch nicht unmöglich. Jedenfalls hatte er sich eingeredet, dass er nicht deshalb ging. Er wollte Neues entdecken. Ja, Neues – und das tat er dann auch.

Nachdem er zwei Monate lang alle möglichen Pubs besucht und an den Wochenenden ins Blaue hinein Europa erkundet hatte, traf es ihn wie ein Schock, als er feststellte, dass alles Geld ausgegeben war. In einem Anfall von Panik begann er – zum ersten Mal, seit er unterwegs war –, einen Plan zu schmieden. Er brauchte Geld, eine Unterkunft und Gesellschaft. Er sah sich Auslandsjobs in ganz Europa an, bis er über ein fantastisch klingendes Angebot stolperte:

Küchenhilfe gesucht für exquisite 5-Sterne-Anlage in der Türkei. Strandlage. Unterkunft und Verpflegung inbegriffen. Wenden Sie sich an Murat.

Er erinnerte sich, wie einer seiner Freunde lang und breit über seine Zeit in der Türkei schwadroniert und von den exotischen Ferienanlagen geschwärmt hatte. Sonne. Frauen. Schlecht bezahlt, aber was machte das schon, solange immer die Sonne schien und die schönsten Touristinnen nur darauf warteten, ihn zu verführen. Ja, die Türkei musste es sein! Als wäre es Schicksal. Er bewarb sich und wartete.

Die ganze Woche erzählte er seinen neuen Saufbrüdern von nichts anderem. In Gedanken war er schon auf dem Weg. Blauer Himmel, Sonnenschein, endlose Strände und geile Touristen. Der Stoff, aus dem die Träume sind. Er war so glücklich, er war sich so sicher – und lag dabei total falsch. Im Verlauf der Woche vertrank er sein letztes Geld und behielt nur so viel zurück, dass es für den billigsten Flug in die Türkei reichte. Nach einer Woche kam die Absage.

Voller Panik ging er zurück ins Internetcafé und suchte nach einem anderen Job. Er brauchte Arbeit, und zwar sofort. Die herrlichen Strandjobs begannen aber alle erst in einigen Wochen oder sogar Monaten. Der Gedanke, sein Rückflugticket vorzeitig in Anspruch nehmen zu müssen, erschien ihm zu demütigend. Er musste unbedingt etwas finden – und er fand etwas. Einen Job. Einen lausigen Job, den er sofort antreten konnte. Aber nicht in einem exotischen Luxushotel in der Türkei, wie er es sich ausgemalt hatte.

Nein, sondern in den englischen Midlands.

Keine endlose Sonne.
Keine goldenen Strände.
Keine geilen Frauen.
Mitten im Nirgendwo.
Auf einer Farm ... einer *Truthahnfarm.*

Die Ironie der ganzen Situation hatte in ihm eine abgrundtiefe Abscheu gegen Federvieh ausgelöst. Aber seine Mutter sollte ihren Willen haben. Schließlich hatte er immer noch Schuldgefühle wegen der »Veronica Singleton«-Affäre. Seine Mutter hatte sie ihm gegenüber nie direkt erwähnt, aber er konnte sich nur zu gut vorstellen, was damals alles getratscht worden sein musste.

Das ganze Fiasko hatte vor vier Monaten begonnen, als Sam noch immer keine Festanstellung gefunden hatte und deshalb einen befristeten Einsatz als technischer Designer übernahm. Die Firma hatte keinen besonders guten Ruf, aber er brauchte Geld. Und weil seine Lage so verzweifelt war, hatte er den Job angenommen. Es war ein relativ einfaches Projekt. Er sollte drei kreative Vorschläge für eine neue Produktlinie bringen, die sie lancieren wollten.

Das Produkt. Er schwor sich, dass seine Mutter nie herausfinden sollte, worum es ging, und sie hätte es auch nie erfahren, wären da nicht Veronica Singleton und ihre Zwillingstöchter gewesen.

»Du hast eine Stelle gefunden! Wie mich das freut! Herzlichen Glückwunsch.«

»Ja, aber freu dich nicht zu sehr, sie ist nur befristet und nicht direkt in meinem Fach. Ich muss nur ein paar gute Ideen liefern.«

»Aber Liebling, du bist so klug, dir wird bestimmt etwas Großartiges einfallen. Was musst du denn entwerfen?«

»Ach, das ist schwierig zu erklären«, hatte er geantwortet.

»Nun mach schon, du kannst mir wenigstens verraten, in welchem Bereich es ist.«

»Unterhaltung«, hatte er hervorgestoßen und sich dabei auf die Zunge gebissen. Er hatte schon zu viel gesagt.

»Großartig. Das können wir alle brauchen – he, was ist mit dir? Ist dir nicht gut?«

»Nein, nein ... ich hab nur ... Ach, egal.«

»Schon gut, wie gesagt, Unterhaltung ist wirklich wunderbar. Du musst mir nichts sagen, wenn du nicht willst, aber ich glaube, ich weiß, was du machst.«

»Tatsächlich?«, hatte er gefragt und nicht gewusst, ob er das Ganze lustig oder beängstigend finden sollte.

»Es geht um einen Flachbildschirm, nicht wahr?«

»Nein, Mama, ganz kalt. Es ist – viel kleiner.«

»Nun, Liebling, ich werde für dich beten.«

»Das brauchst du nicht, wirklich. So wichtig ist es nicht.«

»Schatz, Gott möchte an allem teilhaben, was wir tun, auch an den langweiligen Sachen.«

Seine Mutter hielt unbeirrt an ihren religiösen Vorstellungen fest. An alles musste ein Gebet gehängt werden. Essen? Komm, wir beten. Ein Job? Okay, wir beten. Die richtigen Lottozahlen? Beten wir. Aber das war das Letzte, was Sam wollte, vor allem im Zusammenhang mit seinem neuesten Projekt.

Obwohl es nicht leicht war, schaffte er es in den weiteren Anrufen, die Einzelheiten von seiner Mutter fernzuhalten, und er war heilfroh, als der Job beendet war. Aber dann kam Veronica Singleton mit ihren Zwillingstöchtern und machte alles kaputt. Zwei Wochen nachdem Sam die letzten Entwürfe eingereicht hatte, lauerte sie ihm im Supermarkt auf. Hätte er sie zuerst gesehen, wäre er sofort aus ihrem Blickfeld verschwunden, aber sie überrumpelte ihn.

»Sam Walker, was für eine Überraschung!«

»Oh, Mrs. Singl...«

»Ich habe dich schon lange nicht mehr im Gottesdienst gesehen«, sagte sie unvermittelt und sah ihn vorwurfsvoll an. »Zu viel um die Ohren, was? Da bleibt keine Zeit für Gott!«

Sie wussten beide, dass er schon seit über zehn Jahren nicht mehr kam, aber das interessierte Mrs. Singleton nicht. In ihrer Welt gab es nur zwei Sorten von Menschen: die drinnen und die draußen. So wie eitle Menschen nach Komplimenten fischten, schien es Sam, suchten die Frommen nach Anklagepunkten. Er wehrte sich nicht, sondern sah sich lieber nach einem Fluchtweg um, aber noch ehe er entkommen konnte, setzte sie die Unterhaltung fort.

»Übrigens weiß ich Bescheid über das Produkt, das du entworfen hast.«

Ihm setzte fast das Herz aus.

»Wirklich?«

»Naja, nicht genau, aber ich weiß, dass es um Unterhaltung ging. Darf ich fragen, ob du mit deinen kreativen Ideen Erfolg hattest?«

Er grinste nervös. »Oh ja, doch. Sehr kreativ, ehrlich.«

Ziemlich erniedrigendes Gespräch, dachte er für sich.

Sie strahlte vor Stolz. Die fünfzehnjährigen Zwillinge hinter ihr, mit vollen Bäuchen und in bester Laune von dem Fast Food, das sie gerade zu sich genommen hatten, liefen rot an. »Nun, willst du wissen, warum du so kreative Einfälle hattest? Ich kann es dir sagen. Es hatte überhaupt nichts mit dir zu tun. Es war eine höhere Macht – unser Gott –, der dir die Ideen geschenkt hat.«

Sam zuckte zusammen. »Nun, ich will ja niemanden beleidigen, aber das glaube ich nicht.«

»Nein? Meinst du denn, du wärest größer als Gott, junger Mann?«, fragte sie vorwurfsvoll.

»Nein. Aber ich glaube nicht, dass er mit den Entwürfen etwas zu tun hatte, das ist alles.«

»Nun, wenn es nur nach dir ginge, wäre das vielleicht tatsächlich so, bei deinem ...« – voller Verachtung starrte sie auf den Sixpack Bier in seiner Hand – »... Lebenswandel.«

Bleib ruhig, ermahnte er sich. *Sag nichts. Gönn dieser verrückten Fanatikerin einfach ihren Spaß, dich fertigzumachen, und dann mach dich davon.*

»Aber«, und ihre Stimme nahm einen stolzen Singsang an, »zu deinem Glück haben wir, die Gläubigen, für dich gebetet.«

»Sie haben *was*?«

»Fürbitte getan – in unserer letzten Gebetsstunde. Es waren über dreißig Frauen da – lauter Gebetskämpferinnen – und wir haben den Himmel mit unseren Bitten bestürmt. Anfang der Woche hatte deine Mutter mir erzählt, dass du endlich einen Job gefunden hast – irgendetwas mit Entwürfen für die Unterhaltung – und dass du ein paar kreative Ideen brauchst. Nun, meine Töchter waren zum ersten Mal mit zur Gebetsversammlung und sie waren ziemlich nervös – zusammen in einem Raum mit all den geistlichen Glaubensriesen – und sie haben mich gefragt, wofür sie beten sollten.« Strahlend vor Stolz fuhr sie fort: »Und ich hatte auf dem Herzen, dass sie für dich beten sollten. Für kreative, göttliche Ideen.«

Ungläubig starrte er sie an.

»Tut mir leid. Ich verstehe nicht ganz. Wollen Sie sagen, da wären dreißig Frauen zusammengekommen und hätten Gott gebeten, mir kreative Ideen für das *Produkt* zu schenken, das ich entwerfen sollte?«

»Naja, geplant war das nicht, aber als mein kleiner Engel mit der Fürbitte an die Reihe kam und anfing, mit solcher Inbrunst für dich zu beten, da wurden die anderen aufmerksam und ehe wir uns versahen, hatten alle im Raum den Himmel bestürmt und Gott gebeten, dir kreative Einfälle und großen Erfolg zu schenken.«

Sag nichts. Geh einfach weg – jetzt sofort!

»Ich muss gehen.«

Er drehte sich auf dem Absatz um und biss sich auf die Zunge. Er war schon fast weg, als sie ihn an der Schulter packte.

»Nun hör mir mal zu, junger Mann«, sagte sie. »Ich habe dir gerade erzählt, dass dreißig ehrenwerte Frauen einen ganzen Abend lang für dich gebetet haben, und du sagst nicht einmal danke? Du rennst einfach davon? Wenn meine Tochter nicht plötzlich so leidenschaftlich für dein Produkt hätte beten wollen, dann hätte keine von uns gebetet. Du solltest dich wenigstens bei ihr bedanken. Sie hat schließlich die ganze Gruppe dazu bewegt, Gott zu bitten, dass er persönlich in dein Projekt eingreift und dir direkt vom Himmel ein paar kreative Ideen schickt!« Und dann sagte sie es – und das war der Tropfen, der das Fass zum Überlaufen brachte:

»Du bist wirklich ein schrecklicher Abtrünniger. Du solltest dich schämen – du *Sünder*!«

Sam sah den religiösen Eifer, der in ihren Augen flackerte. Sie war knallhart und sie wusste, oder meinte zumindest zu wissen, dass er den Schwanz einziehen und sich davonstehlen würde, von den Gerechten zu Recht verurteilt.

»Und, hast du nichts mehr zu sagen, bevor du mit deinem Bier weiter auf deinen gottlosen Wegen gehst?« Herausfordernd starrte sie ihn an, mit den Augen eines Werwolfs, der sich schon auf die Beute freut: Wieder ein Sünder, der sich ihrem prächtigen Willen unterwarf.

Aber irgendetwas stimmte nicht.

Er ließ sich nicht einschüchtern. Stattdessen lächelte er sie nur freundlich an. Sie warf ihren Töchtern einen verwirrten Blick zu, bevor sie ihren stählernen Blick wieder auf ihn richtete. Ihre Wangen röteten sich vor Ungeduld, aber Sam grinste nur umso unverschämter. Der offene Widerstand machte Veronica Singleton sichtbar nervös.

»Nun, ich habe tatsächlich noch was zu sagen ...«

Sag es nicht, Sam. Sag es nicht, Nein, sag es nicht!

»Ein Vibrator. Bei dem Produkt ging es um einen sexy rosa Vibrator.«

Wenn er daran dachte, überlief es ihn immer noch. Hätte er doch nur den Mund gehalten. Nicht wegen Veronica Singleton, obwohl er sicher war, dass die Scham noch immer in ihr brannte. Aber wegen seiner armen Mutter. Sie würde bestimmt nie wieder für ihn beten. Vermutlich war das auch besser so.

Er schüttelte den Kopf, wenn er an sein Pech dachte. Seit Elizabeth ihn verlassen hatte, lief nichts mehr so, wie es sollte. Das Leben war einfach unfair. Er seufzte und zog sich erneut in die Festung zurück, um dem Schmerz zu entrinnen.

An die nördliche Wand gedrückt, ging er wieder einmal alle Gründe durch, weshalb sie ihn verlassen, und dachte über all die blöden Fehler nach, die er begangen hatte. Der General hörte aus der Dunkelheit heraus zu und schüttelte den Kopf über so viel Dummheit.

»Hör auf, Kamerad. Sie ist weg – endgültig.«

»Ich muss trotzdem immer noch an sie denken«, murmelte Sam. »Ich kann es nicht ändern. Ich habe gedacht, vielleicht ...«

»Kamerad«, erklang es erneut und mit mehr Nachdruck, »vergiss es. Ja, ihr wart Seelenfreunde, aber du hast sie verloren und wirst sie nie wieder in deinen Armen halten.« Nach kurzer Stille fügte er noch verletzend hinzu: »Du weißt doch, wie das läuft, Kamerad – alle verlassen dich.«

Sam drückte sich noch fester an die Nordwand. Er dachte oft daran, wie sie ihn zärtlich »mein lieber Prinz«

genannt hatte, und glaubte immer noch, wenn er sie nur noch einmal in den Armen halten könnte, dann würde auch sie erkennen, dass sie seelenverwandt und füreinander bestimmt waren.

Wo mochte sie jetzt sein? Wahrscheinlich hatte sie ein Lächeln im Gesicht und Freude im Herzen, egal wo sie war. Sie war schön, wie eine Sternschnuppe, die über seinen Himmel geflogen war und seine Welt erhellt hatte, um dann ihren Weg durchs Leben ohne ihn fortzusetzen. Vermutlich hatte sie jemanden gefunden, der besser war als er, einen, der es wert war, bei ihm zu bleiben, und nun tanzte sie weiter zur Melodie des Lebens. Sein Leben dagegen hatte seinen Rhythmus verloren.

Seufzend schüttelte er den Kopf. Es war sinnlos. Alles war verloren. Nie wieder würde sie ihn ihren Prinzen nennen. Ihrer beider Liebe war gestorben und damit auch jede Zuneigung, die sie füreinander empfunden hatten.

»Ja, du hast recht«, gab er schließlich zu. »Sie ist weg – endgültig.«

Der General kannte kein Bedauern. Er blieb konsequent bei seinem Plan.

»Verschwende deine Zeit nicht damit, über deine Fehler nachzudenken. Bleib einfach hier, wo du sicher bist. Hier gehörst du hin.«

Doch irgendetwas an dem ständigen Druck, innerhalb dieser Mauern zu bleiben, nervte Sam. Ja, sie boten ihm Zuflucht, aber irgendwie hatten sie auch etwas Gefährliches. Er starrte in die Dunkelheit.

»Du sprichst immer nur aus dem Schatten mit mir. Wieso zeigst du mir nicht dein Gesicht? Manchmal habe ich das Gefühl, du willst gar nicht, dass ich je hier raus komme. Aber was ist, wenn es noch mehr gibt?«, fragte er etwas einfältig. »Wieso soll ich hier vor mich hin schmachten, wenn ich ...«

Ein höhnisches Lachen unterbrach ihn.

»Kamerad, diese Mauern sind alles, was du willst. Glaubst du wirklich, du könntest ohne sie leben?«

Die Frage war nicht neu. Er spielte immer dasselbe Spiel. Er brachte Sam immer wieder dazu, an sich selbst zu zweifeln, und hinderte ihn daran, jemals wieder einem Menschen zu vertrauen.

»Du weißt, warum wir diesen Ort gebaut haben. Er schützt dich vor dem Schmerz, Menschen zu verlieren, die einmal behauptet haben, sie würden dich lieben. Die, die du in dein Herz, in deine Seele gelassen hast, nur um dann zu erleben, wie ihre Liebe dich im Stich lässt. Was hättest du gemacht, wenn diese Mauern dich nicht in deinem Schmerz getröstet und dir über den Verrat hinweghelfen geholfen hätten? Du kannst froh sein, dass ich dir geholfen habe, diesen Ort schon in jungen Jahren zu errichten. Ich bin bei jedem Verlust bei dir gewesen. Ich war für dich da, als niemand sonst da war. Dein Vater ist weg. Deine Freundin ist weg. Was jetzt? Gott? Trau ihm nicht, Kamerad, auch er wird bald wieder gehen, da kannst du sicher sein.« Der General schwieg einen Moment und senkte die Stimme. »Vergiss nicht, was für dein Leben gilt«, flüsterte er. »*Keiner liebt dich.*«

Sam wirbelte herum und sein Blick bohrte sich in die Schatten, aber er konnte nichts sehen. Da waren nur die Stimme und die Angst. Er wandte sich wieder um, drückte sich an die Nordwand und sog ihren Trost in sich auf.

»Hier gehöre ich hin«, flüsterte er noch einmal, während er sich zurückbegab in die unsichere Wirklichkeit.

Er schaute aus dem Küchenfenster. Draußen schien es ziemlich kalt zu sein. Was die Winter anging, war Chicago ein ziemliches Rätsel. Manche waren nicht so streng, aber dieser war brutal. Er sah zu, wie der Wind unten mit den Fußgängern spielte. Jeden Tag derselbe Kampf. Der Winter weigerte sich, ehrenvoll zu sterben. Stattdessen umklammerte er seine Opfer mit eisernen Klauen. Sam schüttelte den Kopf. Trotzig stand er in seiner beheizten Wohnung und nahm noch einen Schluck Kaffee.

Wieso konnte nicht das ganze Jahr Sommer sein? Sein Blick wanderte zu der Einladung, die auf dem Küchentisch lag.

Rodger und Susanna Eldridge freuen sich, dich zur Hochzeit von Rachel Eldridge und Thomas McKenny einzuladen.

Thomas war sein bester Freund. Sie hatten am selben College Design studiert, bis Thomas ausstieg und sich bei so einem verrückten Internet-Startup engagierte. Er hatte sogar versucht, Sam zum Mitmachen zu überreden, allerdings ohne Erfolg.

Der verrückte Thomas.

Sam hatte zugesehen, wie er sich auf dieses unrealistische Abenteuer einließ. In den ersten zwölf Monaten hatte Thomas gerade mal 856 Dollar verdient, aber er hatte nicht aufgegeben, sondern zu Sams größtem Erstaunen weitergemacht. Er hatte Sam fast davon überzeugt, auch vom College zu gehen und bei ihm in dieses wahnsinnige Geschäftsmodell einzusteigen. Zwölf Monate später hatte Thomas noch immer keine tausend Dollar verdient – nach einem Jahr voller Mühe und Tränen. Es schien offensichtlich, wer die richtige Entscheidung getroffen hatte. In jenen Tagen hatte Sam sich selbst auf die Schulter geklopft und gratuliert, dass er seinem ehrgeizigen Freund nicht gefolgt war.

Das war vor drei Jahren.

Inzwischen war Thomas Millionär.

Sam klopfte sich nicht mehr auf die Schulter.

Er überflog die Stellenanzeigen – seit sechs Monaten war das fester Bestandteil seiner Morgenroutine. Was ist aus meiner Karriere geworden?, fragte er sich, gefolgt von einem tiefen Seufzer: *Was ist aus meinem Leben geworden?* Musste es wirklich so sein? War er dazu verdammt, seinen Bekannten öffentlich zu ihren Erfolgen zu gratulieren, während er heimlich von der Scham über sein Versagen heimgesucht wurde? Sein Leben hatte doch auch so etwas wie ein Recht auf Gelingen – oder etwa nicht?

Nun, wenigstens hatte er seinen Kaffee.

Vielleicht wird sich gerade heute für dich das Blatt wenden.

Manchmal schien ohne ersichtlichen Grund eine ermutigende Stimme etwas in sein Herz zu flüstern wie eine Geliebte, die ihm einen Hoffnungsschimmer bot. Bei näherer Betrachtung war es verblüffend, wie oft sie sprach, wenn er seinen Kaffee trank. Vielleicht waren die beiden ein Paar? Hoffnung und Kaffee – wie füreinander geschaffen? Vielleicht war heute wirklich der Tag, an dem sich für ihn das Blatt wenden würde. Irgendwann musste es ja passieren – oder war er dazu bestimmt, in einzelne Teile zu zerfallen wie ein unvollendetes Puzzle?

Er war schon früher an Tiefpunkten gewesen, aber immer hatte er sich wieder aufgerafft und weitergemacht. Doch jeder Sturz schadete seinem Herzen und jeder schien mehr Schaden anzurichten als der vorhergehende. Er wollte nicht wieder fallen. Er war nicht sicher, ob er noch einmal die Kraft haben würde, wieder aufzustehen.

Erneut starrte er auf die Einladung zur Hochzeit seines besten Freundes. Thomas war heute ein viel beschäftigter Mann. Sein Geschäft weitete sich aus, wie nur ein Internetgeschäft es konnte, und ihre regelmäßigen Treffen waren auf ein Mindestmaß geschrumpft. Sie freuten sich immer noch, wenn sie einmal zusammenkamen. Das letzte Gespräch war allerdings nicht so gelaufen, wie Sam erhofft hatte.

»Deprimiert? Ach, hör doch auf, Sam. Du bist der lustigste Mensch, den ich kenne.«
»Ernsthaft, Tom, es stimmt, ich bin ein Jammerlappen. Und ich bitte dich als Freund, mir einen Tritt in den Hintern zu geben. Ich habe es verdient.«
»Das Einzige, was du verdienst, ist noch ein Bier – und ich auch.«

Seit drei Wochen hatten sie nicht mehr miteinander geredet, seit damals, als Sam versucht hatte zu erklären, warum er so traurig war. Damals hatte Thomas ihn ausgelacht und Sam hatte schnell eingestimmt. Wieso sollte er seinen Freund da mit hineinziehen? Das wollte er nicht. Aber er wünschte, Tom würde es von allein merken. Und dann nicht so tun, als ob nichts wäre oder die ganze Sache in einer weiteren Runde Bier ertränken.

Es war schwer für Sam. War er wirklich so gut darin, jede Party zu beleben, dass selbst seine engsten Freunde gar nicht glauben konnten, er könne sich so down, so deprimiert fühlen? Aber vielleicht irrte er sich ja auch und Thomas hatte Recht. Natürlich war er nicht deprimiert. Aber was, wenn das Leben ihn wieder zu Fall brachte? Was, wenn er dann nicht wieder auf die Beine käme?

Zeit für noch einen Kaffee.

~

»Ich ziehe in die Antarktis«, sagte Sam und klammerte sich an die Nordwand. »Ich weiß, dass es da kalt ist, aber das ist mir egal. Es ist ein Abenteuer. Ich werde ein Iglu bauen, Fische fangen, jagen und alles Mögliche tun, was Männer eben so machen.«

Der General lachte. Jedes Mal, wenn Sam nicht weiter wusste, überlegte er, wohin er weglaufen könnte. Diesmal war es also die Antarktis. Seine Fluchtpläne wurden immer bizarrer.

»Was ist mit Mexiko?«

»Mexiko? Ach ja, Mexiko – und Indien.«

»Dann geh doch, Kamerad. Renn weg vor deinem Versagen. Aber denk daran, dass sich hier nichts ändern wird.«

Der General hatte Recht. Weglaufen würde überhaupt nichts ändern. Er hatte es doch schon probiert und schließlich zwölf Stunden am Tag auf einer Farm lebensmüde Truthähne gejagt, in einem kalten Wohnwagen gehaust und morgens, mittags und abends irgendwas »mit Pute« gegessen. Ehrlich – diese geizige Bauersfrau war schon an der Grenze zum Wahnsinn. Sie kochte nichts, in dem Pute nicht vorkam. Putenschinken auf Toast, Putensandwich, Pute mit Kartoffeln, Pute mit Nudeln, Pute in Putensoße, Puteneintopf. Putenreste, bis sie ihm zum Hals raushingen! Das hatte er davon gehabt, dass er vor seinen Problemen davongerannt war.

Nein, er wollte nicht in der Antarktis leben. Er wollte einfach nur frei sein. Frei in seiner Seele, aber alles, was er in seiner Seele kannte, war seine Festung. Dabei gab es doch sicher noch mehr. Es musste mehr geben. Der General setzte alles daran, ihn zum Bleiben zu bewegen, aber er hatte nie gesagt, er könne nicht gehen. Als ihm das plötzlich aufging, fragte Sam sich sofort: Kann ich wirklich? Die Festung war immer der Ort gewesen, an den er zuerst gerannt war, wenn er mit dem Leben nicht mehr klar kam, aber was, wenn er das falsch verstanden hatte? Was, wenn es gerade die Festung war, vor der er davonlaufen wollte? Was, wenn er die Freiheit erst finden würde, wenn er die Mauern in seinem Inneren hinter sich ließ?

Er versuchte die Fragen zu ignorieren und kehrte zurück in die bewusste Welt.

Er starrte auf das rot blinkende Licht des Anrufbeantworters, dachte aber nicht daran, zurückzurufen. Später würde er sowieso bei seiner Mutter vorbeischauen.

Nachdem er seit Wochen das Unvermeidliche verdrängt hatte, musste er nun wohl doch in den sauren Apfel beißen und ihr beim Schmücken helfen.

»Liebling, wann wollen wir den Weihnachtsbaum aufstellen? Du musst nicht helfen, wenn du nicht möchtest. Ich kann es auch allein machen.«

Manchmal überlegte er, ob er ihr sagen sollte, dass er sie durchschaute, aber er tat es nie. Er war schließlich alles, was sie hatte. Weihnachtsessen mit seiner Mutter. So war es fast sein ganzes Leben lang gewesen. Ab und zu war mal jemand Bekanntes dabei. Auch seine Exfreundin hatte zwei Jahre lang das Vergnügen gehabt, aber jetzt waren es wieder nur sie beide. Er hatte seine Mutter wirklich gern, auch wenn sie ihn ab und zu fast verrückt machte.

Von seinem Vater wusste er nur wenig – nur, dass seine Mutter ihn während eines Ferienjobs in Schottland kennengelernt und elf Monate später geheiratet hatte. Er nahm an, dass sein Vater ihr einen Antrag gemacht hatte, um eine Green Card für Amerika zu bekommen – und sie hatte den Antrag angenommen, um ihre Schuldgefühle loszuwerden. Vorehelicher Sex war schließlich Sünde.

Doch offensichtlich hatte sein Vater in Amerika nie Fuß fassen können. Er arbeitete unregelmäßig, dafür trank er regelmäßig, hatte schlechte Laune und beschimpfte Sams Mutter. Einmal – das war in der Nacht, als er ging – bedrohte er sie mit der Faust. Sam vermutete, dass ihre Ehe wegen der Ereignisse jener Nacht zerbrach. Von der tieferen Tragödie, die seine Mutter in ihrem Herzen verschlossen hielt, wusste er nichts.

Sam war ein Wunschkind – allerdings nur für seine Mutter. Sein Vater hatte ihr von Anfang an klargemacht, dass er keine Kinder wollte. Trotzdem wurde sie schon im ersten Ehejahr schwanger. Billy, Sams Vater, nahm das nicht gut auf. Nach drei Wochen im Vollrausch hatte er sich dann damit abgefunden und eingesehen, dass der Sprung in die Elternschaft unumkehrbar war. Zwei Jahre später wurde Sams Mutter wieder schwanger. Diesmal aber nicht, weil sie die Pille abgesetzt hatte.

Als sie den Schwangerschaftstest sah, sank sie im Badezimmer zu Boden und begann zu weinen. Erst vor Freude, dann aus Angst. Freude, wenn sie sich vorstellte, wie sie das noch Ungeborene eines Tages im Arm halten würde; Angst, wenn sie daran dachte, wie ihr Mann reagieren würde. Er würde ihr vorwerfen, dass sie ihn hintergangen hatte. Sie beschloss, bis nach dem Arztbesuch zu warten, ehe sie ihrem Mann die Neuigkeit beichtete, und nutzte die Zeit bis dahin um zu überlegen, wie sie es ihm am besten beibringen sollte.

Der Doktor machte zunächst ein paar Routineuntersuchungen ... dann Schweigen. Als sie in sein Gesicht sah, wusste sie Bescheid. Trauer erfasste sie. Das Herz des elf Wochen alten Kindes in ihrem Bauch schlug nicht mehr.

Als sie die Arztpraxis verließ, verfiel ihr Herz in eine tiefe Depression, von der sie sich nie wieder richtig erholte. Die Narbe in ihrer Seele wuchs nie ganz zu.

Sie vergoss ein Meer von Tränen, bevor sie nach Hause zurückkehrte, und beschloss ihrem Mann kein Wort zu sagen. Tief innen wusste sie, dass er die Fehlgeburt als Glücksfall betrachten würde und nicht als Fluch, der sie doch war. Ihr Groll stand im schmerzlichen Widerspruch mit ihrer christlichen Einstellung zur Ehe und ließ in der Beziehung eine unerträgliche Spannung aufkommen, die eine immer größere Belastung darstellte – bis zu dem Abend, an dem sie sich entlud.

Während Sam den letzten Schluck Kaffee genoss, wanderten seine Gedanken zurück zu dem Traum, den er am Morgen gehabt hatte. *Gott. Grammatik. Verwirrend.* Und dann, gerade als er versuchte, die verborgene Bedeutung des Traums herauszufinden, geschah etwas Erschreckendes. Er hörte Schritte – hinter sich – und sie kamen näher!

»Na, bist du bereit?«

Die Stimme! Seine Ohren dröhnten. Wie konnte das sein? Die Leute unten auf der Straße waren real. Der starke Kaffee, den er gerade ausgetrunken hatte, war real. Sein Schmerz war real. Aber diese Stimme? Er versuchte sich einzureden, dass es nur seine eigenen Gedanken waren, die in seinem Inneren widerhallten. Aber diese Stimme war anders. Sie kam nicht aus seinem Inneren, sondern aus seiner Wohnung. Ja, schlimmer noch, es war keine normale Stimme.

Er war wie gelähmt, die Glieder versagten ihm den Dienst. Sein Magen krampfte sich zusammen. Und obwohl sein Innerstes ihm befahl, er solle endlich einatmen, war er wie gelähmt. Sollte es das gewesen sein? Das Ende einer mittelmäßigen Existenz, die man Leben nannte? Und nun? Der Tod? Die Ankunft Gottes, der nun direkt hinter ihm stand, sprach eindeutig für dieses schreckliche Schicksal. Verzweifelt zog er sich in seine Festung zurück.

»Es war kein Traum!«, schrie er. »Er ist in meiner Wohnung!«

»Wer?«, fragte der General aus den Schatten heraus.

»Gott! Er steht hinter mir. Was soll ich tun?«

Der General regte sich in der Dunkelheit. Seine Gedanken berechneten wie immer die Lage und entwarfen eilig eine Strategie.

»Bleib hier, Kamerad. Geh nicht zurück. Ignoriere ihn einfach. Tu so, als hättest du nichts gehört!«

Ja, genau so würde er es machen. Er wandte sich um und drückte sich an die Nordwand, damit die süchtig machenden Ströme, die von ihr ausgingen, seine aufgewühlten Nerven beruhigten. Was als Nächstes geschah, kam so unerwartet, dass Sam kein Wort mehr herausbrachte. Auch der General verstummte für einen

Moment. Gott sagte nur ein einziges, Wort – und er sagte es innerhalb der Festung.

»Atme.«

Sam wirbelte herum, seine Augen wanderten von einer Ecke zur anderen und suchten nach Gott, aber er war nicht da, zumindest nicht sichtbar. Seine Gegenwart allerdings ließ sich nicht leugnen.

»Hör nicht auf ihn, Kamerad. Er versucht dich zu täuschen!«, bellte der General. Einen Moment später war wieder Gottes Stimme zu hören.

»Atme, mein Junge.«

Verblüfft und verwirrt, empfand Sam die Worte so überraschend kraftvoll, dass er den Befehl des Generals ignorierte. Der Atem des Lebens füllte seine Lungen, während sein Bewusstsein in die Wohnung zurückkehrte.

In der Küche hörte er sofort wieder Gott zu sich sprechen.

»Und? Bist du bereit für die erste Lektion?«

Er blieb stehen, wo er war, und starrte aus dem Fenster – mit dem Rücken zu Gott. Er konnte sich nicht zum Umdrehen bewegen.

»Die erste Lektion?«, stotterte er. »Was für eine erste Lektion?«

»Deine erste Grammatiklektion natürlich.«

Er gab nach. Der Allmächtige stand hinter ihm und es war unmöglich, ihn irgendwie rational wegzuerklären. Er konnte versuchen, sich wieder zu verstecken und in den Schutz seiner Mauern zurückzukehren. Aber wollte er das?

Obwohl die Angst ihm geradezu befahl, sich zu verbergen, riss er sich zusammen, holte noch einmal tief Luft und wandte sich dann langsam um, um seinem Schöpfer zu begegnen. Sein Herz hämmerte wie wild. Nun würde sie kommen, die Verurteilung, das spürte er. Wilde Panik erfasste ihn, alles drehte sich. Er fiel. Er starb.

Wieso ich?

Es erschien ihm wie eine Ewigkeit, bis das Drehen schließlich aufhörte. Die Augen geschlossen, die Lippen aufeinander gepresst, erwartete er sein Schicksal. Von der anderen Seite des Raumes hörte er wieder Gottes Stimme. »Willst du nicht die Augen aufmachen?«

Er dachte über die Frage nach. In Gedanken stimmte er zu, aber die Angst hatte ihn schon fest im Griff. »Ich kann nicht«, erwiderte er und die Worte schienen zu zerbröckeln, sobald sie mit der Luft in Berührung kamen. »Ich weiß nicht, wieso – es geht einfach nicht.«

Gott kam näher, beugte sich zu ihm und flüsterte ihm zu: »Du kannst sie ruhig öffnen. Ich bin nicht gekommen, um dich zu verurteilen. Ich will dir helfen.« Während Gott noch sprach, legte er sanft eine Hand auf Sams Schulter. In diesem Augenblick wich aller Widerstand und der Kampf, der in ihm tobte, hörte auf. Es herrschte Stille. Herrliche, schöne Stille. Seine Gedanken kamen zur Ruhe, sein Herz war voll Frieden, die Augen wie neu geboren. Wie konnte eine einzige Berührung so viel verändern? Er schlug die Augen auf und blickte zum ersten Mal in Gottes Angesicht.

»Du siehst überhaupt nicht so aus, wie ich mir dich vorgestellt hatte«, platzte es aus ihm heraus.

»Überrascht mich nicht«, erwiderte Gott. »Das kriege ich ständig zu hören.«

~

Sam stand dem lebendigen Gott von Angesicht zu Angesicht gegenüber. Das hier war kein Traum und keine Vision. Es war real, unglaublich real. Er war bei ihm, stand vor ihm in Fleisch und Blut. Sein früherer Glaube an einen fernen Gott wurde abrupt beendet: ersetzt durch einen greifbaren, äußerst lebendigen, persönlichen und ganz nahen Gott. Aus ihm unbekannten Gründen hatte der unerreichbare Gott beschlossen, auf die Erde zu kommen und sich mit ihm persönlich zu treffen. Die Begegnung war echt. Er war überwältigt von dieser außergewöhnlichen Begegnung.

Die Stille war erfüllt von den faszinierendsten Klängen, die er je gehört hatte. Eine stumme Melodie der Freude erfüllte den Raum, als würde ein himmlisches Orchester jubeln.

Doch so herrlich dieser Moment auch war, er ging vorbei. Der General, der die Festung in Sams Seele durchstreifte, war wütend. Das Abwehrsystem, das so lange funktioniert hatte, wurde zum ersten Mal von einer stärkeren Macht herausgefordert. Mit ganzer Macht schleuderte er seine Angst auf Sam und die Taktik zeigte Wirkung.

Abrupt wurde das stumme Lied des Himmels abgelöst von Sams eigener Melodie der Angst. Der Trommelschlag seines Herzens verdoppelte sein Tempo. Seine Lungen zogen sich zusammen. Die Angst rang mit ihm, überrollte ihn. Er befand sich in einem Zustand der Panik und suchte wieder einmal Schutz hinter seinen inneren Mauern.

Der General bemerkte die Rückkehr und verlor keine Zeit, ihm aus der Dunkelheit seine Befehle zuzubellen: »Kamerad! Wir sind umzingelt. Wage es nie wieder, diesen Ort zu verlassen. Hörst du mich? Er will dich überlisten. Er will dich verdammen. Trau ihm nicht. Du bist ihm egal, du warst ihm *schon immer* egal!«

Sam presste sich wieder mit aller Kraft an die Nordwand. Der General hatte Recht. Nur kein Risiko eingehen. Nie wieder. Die Angst hatte ihre Aufgabe erfüllt und ihn zurückgeholt. Der General betrachtete das als ein Zeichen des Sieges – aber er hatte sich getäuscht, sehr getäuscht.

Das lähmende Schweigen, welches die Festung beherrschte, verwandelte sich. Erst war da nur ein leichtes Vibrieren, aber dann begann der ganze Hof zu schwingen und ein heftiger Wind durchzog die Atmosphäre. Sam war fest an die Nordwand geklammert und schockiert, dass Gott schon wieder in sein inneres Verteidigungssystem eingedrungen war.

Von Süden hörte er den General rufen: *»Du kannst ihn nicht haben!«*

Und dann Gottes leise Antwort: *»Du kannst mich nicht aufhalten.«*

Der ganze Hof tobte, der Wind wurde stärker und ergriff die dunklen Winkel der Festung. Vom General – sonst immer so selbstbeherrscht – hörte man verzweifelte Schreie. Dann war es still.

An der Westwand erschien plötzlich eine Öffnung und das ganze Licht aus Sams Seele strömte in den Hof. Er blickte sich um, aber von Gott war nichts zu sehen. Gott hatte das alles übernatürlich durch seinen Geist gewirkt und zwar mit großer Leichtigkeit. Von außerhalb der Festung rief Gott ihn in das Königreich seiner Seele: *Folge mir, Sam. Es gibt mehr für dich als diese Mauern.*

Langsam ließ er los und ging dem Licht entgegen. Durch die Öffnung sah er eine weite Wüste voll goldenem Sand und einen endlos blauen Himmel. Vor ihm erstreckte sich ein Weg nach Norden. Er wusste nicht, wohin er führte, aber er wollte es herausfinden. Dazu musste er sich auf die Reise begeben – einen Schritt ins Unbekannte wagen – aber irgendwie musste er über dieses Abenteuer lächeln. Er sah nicht zurück, als er die Festung verließ.

Dem General hatte es nun zum ersten Mal wirklich die Sprache verschlagen.

~

Sam holte tief Luft. Allmählich konnte er wieder seine Wohnung erkennen und die Melodie umhüllte ihn erneut. Irgendetwas Tiefgreifendes war gerade in ihm geschehen; etwas in seinem Unterbewusstsein, das er nicht erklären konnte. Ein Gefühl, als hätte Gott gerade etwas aufgeschlossen, durchströmte ihn. Und auf einmal war er voller Interesse und Zuversicht, wohin ihn die Lektion wohl führen würde.

»Sam, wir werden nie mit unserer Grammatikstunde anfangen, wenn du in meiner Nähe jede zweite Minute eine Panikattacke bekommst«, sagte Gott lachend und klopfte Sam freundschaftlich auf die Schulter. Anscheinend war er selbst beeindruckt von seiner Beobachtung. »Wovor hast du solche Angst?«

Gute Frage. Wovor hatte er solche Angst?

Er versuchte sich zu entspannen, aber das war in dieser Situation unmöglich. Dennoch überlegte er, wie er sich von dieser Angst einer plötzlichen Vernichtung ablenken könnte. Es schien zu helfen, Gott anzustarren, denn er sah überhaupt nicht so aus wie der allmächtige Terrorist, als den er sich ihn vorgestellt hatte.

Er war klein. Nicht so klein wie Sam, aber doch kleiner als erwartet. Seine Kleidung war leger – Jeans, weißes Hemd, keine Krawatte. Er sah – seltsam genug – aus wie ein Englischlehrer. Die Hände allerdings straften das gepflegte Aussehen Lügen: rissig, ledrig, verbraucht. Eher die Hände eines Maurers als die eines Lehrers.

Er war dünn und – wenn man bedachte, wer er war – unglaublich unauffällig. Auf den ersten Blick wirkte er irgendwie unbeholfen; die Gesichtszüge passten in den Proportionen nicht ganz zum Rest der Gestalt. Doch trotz allem schien er ganz entspannt. Sein Aussehen erregte keine Aufmerksamkeit, aber das strahlende Lächeln in seinem Gesicht fesselte Sam ganz ungemein.

Draußen verfolgte der Winter nicht nur weiterhin die Fußgänger, sondern schaffte es auch erfolgreich, ihnen das Sonnenlicht zu stehlen. Sogar die Wohnung litt unter dem kalten Tyrannen. Es blieb trüb. Sam hatte sich daran gewöhnt, mit wenig Licht auszukommen. Das war seine kleinste Sorge. Ja, es wäre ihm nicht einmal aufgefallen, wenn Gott es nicht erwähnt hätte.

»Entsetzlich dunkel hier drinnen. Hast du was dagegen, wenn ich das Licht anmache?«, fragte er. Mit einem wortlosen Nicken gab Sam seine Zustimmung.

Gott ging durchs Zimmer, drückte den Schalter und die Atmosphäre veränderte sich schlagartig. Die Schatten, die den Raum bislang bevölkert hatten, verschwanden. Mit einem Blick nach oben zur Lichtquelle wirkte er deutlich zufrieden mit der Verwandlung. »So ist es besser.« Er sah zu Sam hinüber. »Also, können wir jetzt anfangen?«

Sams Augen hatten noch etwas Mühe, sich anzupassen. Wie konnte das sein? Stand Gott hier wirklich leibhaftig vor ihm? War das überhaupt möglich? Seine Gedanken durchsuchten seine Datenbank nach einer Antwort, aber sein logisches Denken war nicht in der Lage, diese seltsamen neuen Angaben einzuordnen. Und weil ihm nichts Besseres einfiel, tat er das Einzige, was ihm übrigblieb: Er stimmte zu.

Sie setzten sich an den alten Küchentisch. Sams Blicke wanderten durch die vernachlässigte Wohnung und er schämte sich. Gott hingegen schien sich hier wie zu Hause zu fühlen. Ein etwas unbeholfenes Lächeln erschien auf Sams Gesicht. Er steckte die Hände tief in die Hosentaschen und meinte: »Tut mir echt leid, weißt du« – mit bedauerndem Gesichtsausdruck führte er Gott durch die Wohnung –, »dass es hier so ... so unordentlich ist.«

Gottes Augen tanzten, fixierten Sam und hielten seinen Blick fest.

»Du machst Witze, oder?«, fragte er und sah sich kurz um. »Hier ist es doch sauber. Ich würde sogar auf Dauer bleiben, wenn du mich einlädst.«

Sein Lächeln forderte Sam auf zu entspannen, aber er widerstand.

Er glaubte ihm nicht.

»Jetzt komm schon, Gott. Du darfst doch gar nicht lügen!«, stieß er hervor und es war nur halb als Scherz gemeint. Gott schien nicht beleidigt. Im Gegenteil, die Neckerei schien ihm Spaß zu machen.

»Stimmt. Wenn ich sage, es ist sauber, dann ist es sauber, glaub mir. Es spielt überhaupt keine Rolle, wie oft es in der Vergangenheit schon schmutzig genannt worden ist. An dem Tag, an dem ich etwas sauber nenne – rat mal, was passiert?«

»Dann wird es ... sauber?«, fragte Sam schüchtern.

Gott lächelte.

Sam sah sich noch einmal in der Wohnung um. Seiner Meinung nach war sie immer noch schrecklich schmutzig. Nichts hatte sich verändert. Alles sah noch genau so aus und das beunruhigte ihn. »Tut mir leid, dass ich dich korrigieren muss, aber meine Wohnung ist immer noch dreckig. Sieh dich doch um, es ist genau wie vorher.«

Gott tat wie geheißen, bevor er entgegnete: »Auch wenn du es nicht glaubst, es hat sich doch etwas geändert.«

Noch einmal ließ er zustimmend seinen Blick umherwandern, bis dieser wieder auf Sams skeptischem Gesicht landete. »Du siehst es immer noch nicht, nicht wahr?«, fragte er.

Resigniert warf Sam die Hände in die Luft: »Was soll ich sehen?«

Gott rückte näher, sah Sam in die Augen und ließ ihn einen kurzen Blick in den Himmel werfen. Nur einen Schnappschuss, einen Bruchteil einer Sekunde, aber das reichte, um alles zu verändern.

Dort, in den Augen Gottes, erblickte er einen ewigen Strom der Liebe. Zwei große, mit Früchten behangene

Bäume wölbten sich auf beiden Seiten über den Fluss. Ihre Früchte heilten jede Ungerechtigkeit, die je erlitten, und jede Wunde, die je verursacht worden war. Der Strom ergoss sich in ein Meer der Annahme. Es gab keine Mauern. Keine Trennwände. Keine Dunkelheit. Er spürte den Kuss des Himmels und ein Flüstern in seinem Herzen, dass es noch mehr gab, und plötzlich war das Bild verschwunden und er sah nur noch sein eigenes Spiegelbild.

Doch er wich dem Blick nicht aus. Nun hörte er Gott zu seinem Herzen reden: *Hör auf, dich nur darum zu drehen, wie du die Dinge siehst. Versuche stattdessen, die Dinge aus meiner Perspektive zu sehen und dann wirst du erkennen, dass alles sauber ist.*

Sam fiel die Kinnlade herunter. Er hörte den Chor triumphierend singen und der ganze Raum klatschte vor Freude in die Hände. Posaunen spielten Siegeslieder. Das Lied des Himmels erklang voll Leidenschaft und er schaute sich noch einmal in seiner alten, dreckigen Wohnung um. Was er sah, erstaunte ihn. »Es ist wirklich sauber«, sagte er verwirrt und überwältigt.

Sein Geist war inspiriert; sein Verstand lachte über die Ironie des Glaubens.

Der Glaube war eigentlich nichts Neues für ihn. Schon als Kind hatte er geglaubt. Damals schien das ganz normal, aber jetzt nicht mehr. Er konnte sich kaum mehr als Gläubigen bezeichnen – beim besten Willen nicht. Er rauchte, teilte ab und zu mit Fremden das Bett und war ein hemmungsloser Trinker. Seit Jahren fühlte er sich insgeheim von Gottesdiensten abgestoßen und besuchte sie nur, wenn es gar nicht anders ging. Er genügte keinem der frommen Ansprüche, die ihm von Freunden oder Propheten aufgedrückt wurden.

Im Lauf der Jahre hatte er sich nach Kräften bemüht, sich von Gott zu distanzieren, fest entschlossen, das Joch des Glaubens von seinen Schultern abzuschütteln. Er brauchte dieses zusätzliche Gepäck nicht – die Last der Enttäuschungen, die er mit sich herumtrug, war schon schwer genug.

Das war nicht immer so gewesen. Früher einmal, auch wenn das schon lange Zeit zurücklag, hatte er geglaubt. Und es war kein theoretischer Glaube gewesen, sondern ein echter. Als Kind hatte er an einen einfachen Gott geglaubt, der für ihn sorgte, aber im Lauf der Jahre hatte sich der Gott der Freiheit und des Abenteuers in einen Zuchtmeister verwandelt, der unterdrückte und fesselte. Gott war leider schrecklich kompliziert geworden.

Die grünen Auen des Glaubens, auf denen er als Kind gespielt hatte, waren für den Teenager zu einem Minenfeld der Gesetzlichkeit geworden. Er konnte sich noch daran erinnern, wie er jedes Wochenende den frommen Lehrern zugehört hatte, die stolz die Anforderungen des Himmels verkündeten. Eine Springflut von Gesetzen und geistlichen Prinzipien hatte allen Glauben, den er aus seiner Kindheit noch bewahrt hatte, weggespült.

Was er erwartet hatte, als er vor ein paar Augenblicken mit geschlossenen Augen und zusammengekniffenen Lippen vor Angst erstarrte, war dieser komplizierte, vom Gesetz getriebene Tyrann. Nur zu gut konnte er sich an die unzähligen grässlichen Botschaften über das Gericht erinnern, die er gehört hatte, und wusste – oder meinte zu wissen –, was einen Menschen mit einem Lebensstil wie dem seinen erwartete: Feuer und Schwefel, Hölle und Gericht.

Aber das Feuer kam nicht.

Das war die größte Überraschung. Statt Zorn empfing ihn ein Lächeln. Statt in die Hölle gejagt zu werden, hatte er in den Himmel hineingesehen. Statt der Verurteilung wegen seiner vielen Fehler erlebte er, wie sich umfassende Annahme in sein Herz ergoss. Es war ein göttliches Paradox – der allerherrlichste Widerspruch. Zu seinem Erstaunen stand ihm kein Diktator mit Gesetzen gegenüber, sondern er begegnete einem Freund aus Kindertagen. Der einfache Gott. Der Gott, der liebte.

~

Als Sam so dort saß, fiel ihm plötzlich auf, dass er keine Ahnung hatte, wann Gott eigentlich gekommen war. Sicher, er hatte ihn gerade gerufen und sich vorgestellt, aber wie lange hatte er schon gewartet? So unbefangen wie möglich fragte er darum: »Wie lange bist du eigentlich schon hier in der Wohnung?«

Gott sah auf und überlegte kurz.

»Hm, ich weiß nicht genau. Ein paar Stunden vielleicht. Ich dachte, du würdest ein bisschen früher aufstehen.«

Sam biss sich auf die Unterlippe. Das war's dann wohl.

»Oh, dann weißt du auch von ... dem Mädchen?«

»Dem Mädchen?«, erwiderte Gott und versuchte sich dumm zu stellen; er war ein erstaunlich guter Schauspieler. »Redest du von der Einen, die die Nacht mit dir verbracht und sich davongeschlichen hat, als du in der Dusche warst? Meinst du diese junge Frau?«

Sam hielt einen Moment die Luft an. Tja, das war's dann wohl.

»Ja, die«, sagte er, atmete heftig aus und nahm einen großen Schluck Wasser.

»Ja, sie ging direkt am Wohnzimmer vorbei und hat nicht einmal gemerkt, dass ich auf dem Sofa saß«, sagte Gott.

Sam überlegte, was er sagen könnte und beschloss, dass er nun auch aufs Ganze gehen konnte. Am besten gab er gleich alles zu.

»Bist du sauer?«

»Wieso? Weil sie mich nicht gesehen hat? Nö, überhaupt nicht«, sagte Gott, als sei das völlig selbstverständlich. »Man kann ihr ja keinen Vorwurf machen, oder? Wenn ich sie gerufen hätte wie dich, hätte sie sich bestimmt umgedreht. Aber im Moment ist sie noch nicht an der Reihe.«

Sam spielte unruhig mit seinen Händen und schob sie schließlich in die Hosentaschen.

»Äh – eigentlich hatte ich gemeint, ob du sauer bist wegen der Sache – heute Nacht?«

Gott rieb sich das Kinn. Dann meinte er: »Wir lernen uns ja gerade erst kennen und ich bin dem Mädchen noch nicht einmal offiziell vorgestellt worden. Wieso sollte ich also sauer sein?«

»Nun, bist du nicht so eine Art kosmischer Vollzugsbeamter?«

»Kosmischer Vollzugsbeamter?« Gott schien schockiert. »Sam, ich bin doch kein Bösewicht aus einem Comicstrip!« Er lachte hemmungslos und stellte sich vor, wie er in enger Strumpfhose und mit einer Maske durch das Weltall stolzierte. »Wer hat dir denn so einen Unsinn beigebracht?«

Sam suchte verzweifelt nach einer passenden Antwort, aber es wollte ihm nichts einfallen. Nichts außer einem Bild von Veronica Singleton und ihren dämlichen Zwillingen.

»Na ja, ich bin ziemlich sicher, dass ich das mein Leben lang so oder ähnlich von deinen Leuten gehört habe.«

»Meinen Leuten?«

»Ja, du weißt schon, deinen Nachfolgern.«

»Du meinst, von den Leuten, die lieben?«

»Ha!«

Sam erstarrte, als ihm dämmerte, dass er gerade Gott ins Gesicht gelacht hatte. Er blieb wie gelähmt sitzen, aber irgendetwas an Gottes entspannter Art veranlasste ihn, die Sache weiterzuverfolgen. So bizarr es war, auch er wurde wieder lockerer.

»Was ist daran so lustig?«

Sam wand sich und versuchte, nicht wieder loszulachen. »Sieh mal. Es tut mir leid. Ich wollte nicht lachen. Es ist nur, weißt du, irgendwie würde ich deine Nachfolger nicht so bezeichnen.«

»Nun, dann hast du wohl ein Problem«, meinte Gott, »denn anders kann man meine Nachfolger nicht bezeichnen.«

Sam schwieg. Es war klar, jetzt lag Gott ziemlich daneben. Seine Nachfolger waren alles andere als liebevoll. Aber war es denn überhaupt möglich, eine Auseinandersetzung mit dem Schöpfer des Universums zu gewinnen? Ehe er sich der Herausforderung stellen konnte, kam Gott ihm zuvor.

»Weißt du, jeder kann meinen Namen als Visitenkarte oder Ausweis benutzen. Dagegen kann ich nichts tun, aber soweit es mich betrifft, gehören nur die zu meinen Leuten, die lieben. Wenn sie nicht lieben, machen sie sich selbst etwas vor.« Gott schwieg einen Moment, bevor er weiterredete. »Und dir anscheinend auch.«

Sam überlegte, wie man ihm wohl etwas vorgemacht hatte. Und dann sah er auf einmal wieder ein Bild vor sich.

Singleton!

Er versuchte seine Gedanken zu ordnen und stürzte sich erneut in die Diskussion. »Okay, vielleicht verwechsle ich ein paar fromme Fanatiker mit deinen echten Nachfolgern, aber wenn das so ist, ist es dir dann wirklich egal, was letzte Nacht war?«

Gott rieb sich erneut das Kinn und wählte seine Worte mit Bedacht.

»Willst du einen Rat von mir hören?«

»Äh, nicht wirklich.«

»Darf ich trotzdem?«

»Nein, eigentlich nicht. Ehrlich gesagt«, sagte Sam, »habe ich einfach ein bisschen Angst, dass du mich anschwärzen könntest, weil ich Mist gebaut habe.«

»Anschwärzen? Wie meinst du das denn?«

»Du weißt genau, was ich meine.«

»Ich weiß nicht, was du meinst«, entgegnete Gott. »Ich höre das die ganze Zeit. Es ist wirklich tragisch. Aber was soll ich machen? Mir scheint, du sammelst dir das, was du über mich weißt, an der falschen Stelle zusammen. Mein Rat an dich wäre, nicht mehr auf die frommen Fanatiker zu hören, wenn du wissen willst, wer ich bin, und stattdessen direkt zur Quelle zu gehen. Frag mich einfach selbst, wie ich bin. Ich habe nichts gegen Fragen, ehrlich.«

Sam beschloss, ihn beim Wort zu nehmen.

»Nun, wenn du es mir anbietest, ich habe tatsächlich eine Frage.«

»Schieß los.«

»Das Mädchen von heute Morgen, du kennst sie nicht, aber ...«

»Moment«, wurde er unterbrochen. »Ich habe nie gesagt, dass ich sie nicht kenne. Natürlich kenne ich sie. Ich habe sie im Leib ihrer Mutter gebildet. Ich gehe schon ihr ganzes Leben lang mit ihr. Ich weiß, wie viele Haare sie auf dem Kopf hat. Wer hat gesagt, dass ich sie nicht kenne?«

»Na, du selbst, vor ein paar Minuten. Du hast gesagt, du hättest sie noch nicht offiziell kennengelernt.«

»Ja, das stimmt. Aber das heißt doch nicht, dass ich sie nicht kenne. Es bedeutet nur, dass ich noch kein offizielles Treffen vereinbart habe, um ihr zu zeigen, wer ich wirklich bin.«

»Das verstehe ich nicht. Wenn sie nicht alle Anforderungen erfüllt hat, um dich kennenzulernen, wie kannst du dann sagen, dass du sie kennst?«

Gott stand auf und ging zum Spülbecken, um sich ein Glas Wasser einzuschenken, dann ging er zum Tisch zurück.

»Vertrau mir einfach. Ich kenne sie. Ich kenne sie sogar sehr gut. Sie ist eine ganz erstaunliche Person.«

Sams Herz machte einen Sprung. Das stimmte. Sie war erstaunlich.

»Genau, darauf wollte ich hinaus. Das finde ich nämlich auch. Aber dummerweise hatte ich keine Chance, ihre Adresse aufzuschreiben, obwohl ich sie gern wiedersehen würde.«

Verschmitzt beugte Gott sich vor. »Lass mich raten. Du möchtest gern ihre Nummer haben!«

»Genau!«

Gott warf die Hände in die Luft und schüttelte den Kopf. Die ganze Sache machte ihm ungeheuren Spaß und er freute sich, dass Sam so kühn war. Aber er würde nicht bekommen, was er wollte – jedenfalls jetzt noch nicht.

»Vergiss es, Junge. Es ist nicht meine Art, die privaten Daten anderer Leute weiterzugeben.«

Sam wandte sich seufzend ab, nur um sich sofort wieder umzudrehen. So schnell gab er nicht auf.

»Und was ist mit ihrem Namen? Kannst du mir nicht wenigstens ihren Namen verraten?«

Gott schüttelte den Kopf. »Nein, tut mir leid.«

So viel zu dem allmächtigen Gott, dachte Sam.

»Aber ich kann dir einen Hinweis geben«, meinte Gott.

»Oh ja, bitte!«

Gott lehnte sich zurück, wartete einen Moment und sagte dann: »Er fängt mit ›J‹ an.«

»Also, dann fangen wir endlich mit dem Eigentlichen an – mit Grammatik!«, sagte Gott. Sam knackte mit den Fingern und widmete seine ganze Aufmerksamkeit der vor ihm liegenden Aufgabe. Interessanterweise war er gar nicht mehr so angespannt. Logisch war das nicht, denn er würde sich gleich fürchterlich zum Narren machen. Von Grammatik hatte er nämlich keine Ahnung. Klar, er konnte sich in seiner Muttersprache ausdrücken, aber mit allen Einzelheiten kannte er sich nicht aus. In einem Anflug von Ehrlichkeit bekannte er sein Unwissen. Gott schien unbeeindruckt.

»Nun, wenn du schon alles wüsstest, würdest du meine Hilfe nicht brauchen, oder?«

Wo er Recht hatte, hatte er Recht.

»Wieso fangen wir nicht einfach am Anfang an?«, schlug Gott vor. Er lehnte sich zurück, machte es sich bequem und sah total entspannt aus. Dann stellte er Sam die erste Frage: »Weißt du, was ein Verb ist?«

Sam dachte nach, aber weil er sich nicht schon gleich bei der leichtesten Frage zum Affen machen wollte, entschied er sich für eine Gegenfrage.

»Ich habe dir gerade gesagt, dass ich keine Ahnung habe«, sagte er – vielleicht etwas allzu ehrlich. Zu ehrlich? Nein, genau richtig. Er grinste kurz und versuchte, den Vulkan am Ausbrechen zu hindern, aber es half nichts. Ein wildes, lautes Lachen brach sich Bahn.

Da saß Gott, hier bei ihm, und er konnte ehrlich sein! Es war unmöglich, absurd, aber wahr. Das Lachen war nicht aufzuhalten und Gott stimmte mit ein.

Es fühlte sich so normal an; aber ehrlich zu sein war ihm vorher noch nie normal vorgekommen. Er wäre es zwar gern gewesen, wirklich, aber irgendwie zwang ihn das Leben immer wieder, eine Maske aufzusetzen. Und in einer Welt der Maskenträger war ein ehrlicher

Mensch auch ein einsamer Mensch. In kleinen Dosen ließ sich Ehrlichkeit ertragen, aber was darüber hinausging, war unerforschtes Terrain. Ehrlich zu sein, so ehrlich, wie er sich jetzt vorkam, das kam einer Revolution in seiner Seele gleich.

Sam wusste ja nicht, dass er den militärischen Komplex in seinem Inneren brauchte, um sich vor der Wirklichkeit des Lebens verstecken zu können. Genau deshalb hatte er vor vielen Jahren mit seiner Errichtung begonnen. Die Festung war ein Ort, an dem er sich sicher fühlen konnte. Ein Ort, an dem die Ehrlichkeit keine Stimme hatte – und das aus gutem Grund. Er wollte Unterstützung und Bestätigung, nicht Ablehnung. Er brauchte Trost, keinen Streit.

In der wirklichen Welt hatte er nichts unter Kontrolle, aber die Abwehr in seiner inneren Welt funktionierte erstaunlich effizient. Da kam keiner rein. Keiner kam an ihn heran – das heißt, bis Gott auftauchte. Der hatte den Lärm irgendwie übertönt und es geschafft, alle Abwehrmechanismen zu überwinden. Auch wenn die Mauern sich dem Rest der Welt immer trotzig entgegenstellten, war Gott ihm begegnet. Er war zu ihm hinter die Mauern gekommen, die sonst keiner durchdringen konnte, und hatte in seiner Seele eine Tür geöffnet, die ihm neuen Raum mit unendlichen Möglichkeiten bot. Der Weg heraus aus der Festung hatte begonnen. Gemeinsam waren sie unterwegs auf neuen Pfaden seiner Seele. Aber wohin würden sie ihn führen?

Gott wartete geduldig, bis er seine Fassung wiedergewann. Er hatte es auch nicht eilig, das Lachen zu stoppen, sondern schien sich sogar darüber zu freuen. Als Sam schließlich wieder zu sich kam, konnte er ihn nur verwundert anstarren. Das war nicht der strenge Aufseher, den er in Gedanken immer vor sich gesehen hatte – ein Tyrann mit Regeln, geistlichen Prinzipien und der Forderung nach unmöglich leistbarem Gehorsam. Dieser Gott bewirkte in ihm eine Veränderung, die mit seinen eigenen Bemühungen, seinem Gehorsam oder dem Einhalten irgendwelcher Vorschriften rein gar nichts zu tun hatte.

»Was machst du mit mir?«, fragte er. »Du hast irgendwas in mir verändert. Ich weiß nicht, was. Aber ich spüre, dass etwas anders ist.«

»Was *machst* du mit mir?«, wiederholte Gott begeistert. »Das ist ein hervorragendes Beispiel für ein Verb.«

Sam fielen fast die Augen aus dem Kopf. Er hatte gar nicht versucht, die Frage zu beantworten. Ja, eigentlich hatte er sie schon vergessen. Aber Gott freute sich.

»Verben«, erklärte er, »sind Tuwörter. Wörter wie *stehen, schlafen, fragen, reden, fahren, diskutieren* und *machen.*«

Wieder füllte Lachen den Raum. Gott sah Sam an und versuchte seinen Blick zu halten, während er seiner Seele zusprach: *Du kannst in meiner Gegenwart entspannen, Sam. Ich liebe dich, so wie du bist.*

Ungläubig erwiderte Sam den Blick. Alles, was er in Gottes Augen sehen konnte, war Annahme – reine, uneingeschränkte Annahme. Seine Seele lächelte. Der Himmel tanzte.

Der General saß weiter unten im Süden, schweigend an eine der Steinsäulen gelehnt. Es hatte wohl keinen Zweck zu schreien. Sein Kamerad würde ihn nicht mehr hören. Wie weit hatte der sich wohl schon entfernt? Seine Gedanken wanderten hierhin und dorthin und er versuchte zu begreifen, wie Gott es geschafft hatte, ihn zu besiegen. Aber diese Frage machte ihn nur noch wütender. Sein Kamerad hatte die innere Festung verlassen, war von Gott in einem wahren Tornado von Autorität befreit worden und in die weiteren Bereiche seiner Seele entkommen. Das Schlimmste aber war, dass die Stimme des Generals keine Macht mehr hatte, ihn einzuschüchtern und zur Rückkehr zu bewegen. Er war gegen die Manipulationen des Generals immun geworden. Ungestüm versuchte dieser sich von den Fesseln zu befreien, die ihn an die Säule banden. Aber es war aussichtslos. Gott hatte ihn gefesselt – er war geschlagen.

Seine Gedanken wanderten wieder zu seinem Kameraden. Wie konnte der es nur wagen, seine Mauern zu verlassen.

Seine Mauern ...?

Plötzlich durchfuhr ein neuer Gedanke seine finsteren Überlegungen. Es waren Sams Mauern ... und sie hatten immer noch die Macht, ihn zurückzurufen, denn ihre süchtig machende Kraft strömte in das gesamte Ökosystem seiner Seele. Über die Stimme des Generals konnte er sich hinwegsetzen und er hatte bewiesen, dass er weggehen konnte. Aber konnte er auch wegbleiben?

Nach einigen kurzen Berechnungen flackerte neue Genugtuung in seinen Augen auf. Er war zu dem Schluss gekommen, dass sein Kamerad zu schwach, zu wehleidig war, um die Festung wirklich aufzugeben. Ein böses Grinsen huschte über sein Gesicht, als er den Kopf wieder an die stützende Säule lehnte, an die er eng gefesselt war. Er schloss die Augen, atmete tief durch und lächelte böse.

Du brauchst diese Mauern, Kamerad. Wenn du wieder angerannt kommst, bin ich hier und erwarte dich.

Gott wartete geduldig. Er schien die Stille zwischen ihnen zu genießen. Sam beobachtete ihn aufmerksam. Im Gegensatz zu ihm schien Gott sich in seiner Haut äußerst wohl zu fühlen. Wirklich erstaunlich. Wie konnte das sein? Schließlich war das doch der, der das Universum geschaffen hatte, mit grenzenloser Macht und göttlicher Herrlichkeit. Und er hatte sich in die Begrenzungen eines menschlichen Körpers begeben, um ihm, Sam, zu begegnen? Dieser Gedanke brachte ihn aus der Fassung und er wusste nicht, wie er auf einen solchen Akt der Gnade reagieren sollte.

Der grenzenlose Gott hatte sich selbst beschränkt, hatte die Gestalt eines Lehrers, ja sogar eines Dieners angenommen – aber so etwas würde der Allmächtige doch nicht wirklich tun, oder? Dennoch, da war er und saß ihm gegenüber wie ein ganz normaler Mensch.

Sam lehnte sich zurück. Unbewusst spürte er, dass eine große Reise vor ihm lag. Sie hatten die Festung hinter sich gelassen und waren dabei, neues Land zu entdecken, wie auch immer das aussehen mochte. Und während in seinem Innern die Reise begann, ging außen die Grammatikstunde weiter.

Sie saßen am Küchentisch, als ob nichts wäre. Gott hob die Augenbrauen, als wollte er um Erlaubnis bitten fortzufahren. Sam grinste etwas dümmlich und nickte zustimmend, gespannt, was wohl als Nächstes kam.

»Wie sieht es mit Substantiven aus?«, fragte Gott. »Nenne mir als Beispiel mal ein Substantiv, egal welches.«

Ein Substantiv?

Sofort trat er innerlich wieder den Rückzug an. Diesmal landete er aber nicht in seiner Festung, sondern in seiner inneren Vorratskammer.

Ich brauche ein Substantiv!

Hysterisch rannte er durch den langen weißen Gang seiner Gedanken, stieß Abfalleimer um und versuchte überall, verschlossene Türen zu öffnen. »Wo sind die Substantive?«, schrie er. Verzweifelt brach er Türen auf und stürzte Tische um, wobei er Erinnerungen an eine Vergangenheit entdeckte, die er am liebsten vergessen hätte, und auch aktuelle Schmerzen, die er lieber vermeiden wollte. So viel Gerümpel hatte er aufbewahrt, so viel unnützes Zeug, aber wo waren die Substantive? Er brauchte doch nur eins. Aber es war hoffnungslos. Einfach schrecklich!

Er kehrte in die Realität zurück und lenkte seine Aufmerksamkeit wieder auf Gott. Doch bevor er sich vor Scham verkriechen konnte, hatte sich seine Angst, dumm dazustehen, in Luft aufgelöst. Wie hatte Gott das nur fertiggebracht? Wie konnte er ihm so schlagartig vermitteln, dass er akzeptiert war, obwohl ihm doch etwas fehlte? Und das ohne ein einziges Wort zu sagen! Sam sah ihn an, und es schien eine völlig normale Reaktion zu sein. Seine Gedanken kehrten zur ursprünglichen Frage zurück. In gespielter Verzweiflung warf er die Arme in die Luft. »Du weißt genau, dass ich keine Antwort habe.«

»Die *Antwort* – genial!«, rief Gott. »Das ist ein fantastisches Beispiel für ein Substantiv.«

Sam blieb der Mund offen stehen.

»Ein Substantiv«, erklärte Gott, »ist ein Wort, vor das man ein ›der‹, ›die‹ oder ›das‹ setzen kann.« Er schien mit seiner Erklärung zufrieden zu sein, aber Sam war verwirrt und konnte die Regel irgendwie nicht begreifen.

Er wollte gerade die Augen schließen und sich wieder in sich selbst zurückziehen, als Gott sich vorbeugte und flüsterte: »Du musst nicht in die Winkel deiner Seele hinabtauchen, um ein Substantiv zu suchen. Du brauchst dich nur umzusehen. Substantive gibt es überall.« Er ließ seinen Blick durch den Raum schweifen und begann aufzuzählen, was er sah: »Der *Tisch*, der *Stuhl*, der *Stift*, der *Fernseher*, die *Wand*, die *Tür*, das *Fenster*. Und in deinem Fall war auch ›*Antwort*‹ ein tolles Beispiel.«

Sam wiederholte die Erklärung: »Ein Substantiv ist ein Wort, vor das man ein ›der‹, ›die‹ oder ›das‹ setzen kann.« Er dachte einen Moment darüber nach und sprach dann das erste Substantiv aus, das ihm in den Sinn kam: »Die Grammatikstunde.«

»Genau!«, sagte Gott. »Und du kannst das Wort ›Grammatik‹ auch als Adjektiv gebrauchen: ›grammatikalisch‹. Kannst du mir noch ein paar nennen, wenn wir schon einmal dabei sind?«

Adjektive nennen?

Schon der bloße Gedanke daran ließ ihm das Herz in die Hosentasche rutschen.

~

Adjektive? Er überlegte, was das Wort wohl bedeuten mochte. Er wollte nicht raten, aber was sollte er sonst machen. Ganz unbewusst zog es ihn wieder zurück in die Vorratskammer seiner Gedanken, um nach einem

Hinweis zu suchen. Das Wort »Adjektiv« schwebte ziellos durch seine Datensammlung und vervielfältigte sich in Sekundenschnelle. Sein ganzer Kopf war voll davon, aber wie er das Wort deuten sollte, war ihm immer noch schleierhaft.

Es breitete sich immer weiter aus. Es bewegte sich, schien aber trotzdem leblos, wie ein Wort ohne Wesen – eine Idee ohne Impuls. Überall schwirrte es herum, in vielerlei Formen und Größen, doch immer in derselben dumpfen Farbe. Es stand in die Luft geschrieben und sogar in die Tische geritzt. Aber für Sam war es immer noch nicht mehr als ein Wort. Tausendmal gehört – aber was half das, wenn er seinen Sinn nicht verstand? Adjektiv, Adjektiv, Adjektiv! Er konnte es lesen, aber was bedeutete es?

Es tanzte weiter um ihn herum und stieß ihn unsanft in die Seite. Es war hart und steif und irgendwie tat es weh, mit ihm in Berührung zu kommen. Er sah sich um, duckte sich und versuchte auszuweichen, während das Wort weiter aggressiv um ihn herumwirbelte. Er versuchte sich zu konzentrieren. Er musste sich gegen dieses Wort schützen und sollte es gleichzeitig entziffern. Aber es half alles nichts. Es tat weh, es zu lesen und zu berühren und ihm wurde schon schlecht, wenn er es nur ansah.

Allmählich wurde er müde. Es war anstrengend, immer wieder dasselbe Wort zu lesen in der Hoffnung, es zu verstehen – und doch nichts zu begreifen. Er gab auf, suchte nach dem Ausgang und rannte die Treppe hinunter. Er brauchte Luft. Unten angekommen, fand er zu seiner Bestürzung – das Wort! Es war überall. Nicht nur oben im Lager, sondern überall tanzte es wie wild um ihn herum. Er schrie. Sein ganzer Kopf war erfüllt von einem Wort, das ihm nichts sagte. Wie furchtbar das alles war.

Das Wort hatte ihn umzingelt, ihn eingefangen. Das Adjektiv blieb ihm ein Geheimnis. Dennoch versuchte er, seine eigene Definition zu finden. »Dieses Wort«, schloss er, »ist hart, unbarmherzig und leblos.«

Er saß am Fuß der Treppe und schüttelte den Kopf. Wie konnte es soweit kommen? Es war doch alles so gut gelaufen. Er war so frei gewesen, aber jetzt war er wieder gefangen. Nicht mehr von den Mauern und den Kämpfern in seinem Inneren, sondern von diesem harten Wort, das ihn umgab. Es raubte ihm die Freude und stieß ihn in Gefangenschaft. Enttäuscht schrie er auf: »Gott, dieses Wort ist schrecklich!«

»Wieso?«, fragte Gott.

Sam dachte kurz nach, bevor er antwortete: »Weil es mir nichts sagt, und es tut weh, mit ihm zu tun zu haben. Ich komme mir vor, als wäre ich sein Gefangener. Ich sitze fest. Ich kann nicht mehr nach oben gehen und ich kann nicht nach draußen, weil dieses Wort mich von allen Seiten umgibt.«

»Möchtest du gern wissen, wie du das Wort verstehen kannst?«, erkundigte sich Gott.

Sam warf einen theatralischen Blick zum Himmel. *Was für eine Frage!*

»Das Wort an sich ist nicht das Problem«, erklärte Gott. »Was dir zu schaffen macht, ist die Art, wie du versuchst, es zu interpretieren.«

Sam stieß einen betont langen Seufzer aus und protestierte: »Was soll ich denn sonst machen?«

Gottes Antwort kam unerwartet: »Du darfst das Wort nicht mit deinem logischen Denken verstehen wollen. Such einfach mich darin.«

Er starrte erneut zum Himmel – unsicher, was Gott wohl damit meinen könnte. Wie sollte er in einem Wort nach Gott suchen? Was würde das ändern? Das Wort wäre doch immer noch dasselbe – oder etwa nicht? Er schwieg gekränkt und verärgert. Der Umgang mit diesem Wort war überhaupt nicht erbaulich. Es war ein Pfahl in seinem Fleisch, eine schwere Last.

Wieder sprach Gott direkt in sein Herz: »Sei doch nicht so ängstlich. Sieh dir das Wort noch einmal an, aber suche diesmal mich darin. Wenn du das machst, dann verändere ich das Wort, sodass es keine Last mehr für dich ist, sondern eine Offenbarung. Versprochen.«

Sam biss sich auf die Lippen und wünschte, diese ganze Sache mit Gott hätte bald ein Ende. Er fühlte sich wieder schwach und müde. Und, noch schlimmer, irgendwie in der Falle. Er atmete laut aus und seufzte mit Nachdruck, machte sich dann aber doch mit schleppenden Schritten auf den Weg.

Er stieß die Tür auf und betrat das Büro seiner Gedanken, und da war wieder dieses Wort in all seiner Brutalität und Trübsinnigkeit. Ihm kam sofort wieder der Ekel. Es war so feindlich, so leblos, so böse. Abrupt fühlte er sich in eine Ecke gestoßen. Das Wort umgab ihn von Neuem, hielt ihn fest und ein Gefühl der Hoffnungslosigkeit überkam ihn.

Wie konnte er in diesem Wort Gott sehen? Der Gott, den er gerade erlebte, war genau das Gegenteil von diesem Wort. Es war hart, feindlich und unfreundlich. Es tat ihm erbarmungslos weh und machte, dass er sich schwach und kraftlos fühlte. Es war langweilig. Es hatte kein Leben in sich, keinerlei liebenswerten Züge. Was hatte es mit dem liebevollen, kraftvollen Gott gemein, mit dem er hier zu tun hatte? Dennoch probierte er es. Er lenkte seine Aufmerksamkeit auf das erstbeste Wort, das ihm zufällig entgegengekommen war und seinen Zorn erregt hatte. Obwohl es rein logisch keinen Sinn hatte, versuchte er, in ihm den Einen zu sehen, der ihn aus seiner Festung befreit hatte.

Zu seiner Überraschung wurde das alte Wort, das Kälte und Aggression ausstrahlte, plötzlich verändert. Das blasse Grau verwandelte sich in leuchtendes Rot und seine raue, scharfkantige Oberfläche wurde rund und weich, es schien ihn zärtlich zu umarmen. Auch die Buchstaben schienen ein Eigenleben zu entwickeln und sortierten sich neu, um eine völlig neue Bedeutung zu zeigen. Es war kein verschleiertes »Adjektiv« mehr. Stattdessen stand da – als sei seine wahre Bedeutung erst jetzt ans Licht gekommen – »unfassbar«.

Von rechts kam ein zweites lebloses »Adjektiv« auf ihn zu und versuchte, ihn in die Ecke zurückzutreiben. Er widerstand dem Drang sich zu wehren und blieb ruhig stehen, starrte das Wort an, das da so aggressiv auf ihn zuflog, und versuchte, darin Gott zu entdecken. Und auch dieses Wort verwandelte sich und zeigte plötzlich Gottes Wesen. Aus dem Grau wurde ein sattes Grün, als wäre der Winter zu Ende und stattdessen Frühling geworden. Es wurde langsamer und fing an, vor ihm zu tanzen. Es hieß »anmutig«.

Er sah sich weiter im Raum um und suchte in den Worten nach Gott – und ein ums andere Mal wurden die Worte bunt und lebendig. Schon nach kurzer Zeit konnte er das alte, theoretische »Adjektiv« nirgends mehr entdecken, egal wo er auch hinschaute. Er sah eine neue Wirklichkeit, als wäre der Schleier weggezogen. Als könnte er seine lebendige Bedeutung jetzt überall sehen.

In Sam wuchs neuer Mut und er wagte sich aus dem Büro seiner Gedanken heraus. Gab es da oben vielleicht noch mehr von diesen lebendigen Adjektiven? Voller Erwartung stieg er die Treppe hinauf zur Vorratskammer seiner Gedanken.

Der Raum war lebendig und summte von Güte und Freude. Das Wort war nicht mehr flach und monoton. Es war lebendig, tanzte und sang. Es war, als wäre Gott selbst das Wort geworden und hätte ihm sein eigenes Leben und Wesen eingepflanzt.

Sam stürmte erneut die Treppe seiner Gedanken hinunter, riss die Tür auf und da war es – das Leben! Das Licht funkelte und das Wort, das so drohend über ihm gehangen hatte, überströmte ihn jetzt mit Liebe. Ein bunter Regenbogen blendete ihn förmlich. Das Wort »Adjektiv« war verschwunden, abgelöst durch einen Strom von Worten, die auf tausenderlei Weise das Wesen, die Art Gottes offenbarten. Überglücklich öffnete er die Augen und kehrte in die Küche zurück.

Er sprang auf, vergrub für einen Augenblick das Gesicht in den Händen und versuchte, irgendwie diese wunderbare Wendung der Ereignisse zu begreifen. Dann streckte er die Hände wieder aus und spreizte die Finger, bereit, das Universum zu umarmen. Gott sah ihm mit gespannter Neugier zu. Sam war überglücklich und obwohl er wusste, dass seine Worte nicht ausreichen würden – er konnte nicht anders, als den Feuerball von Gedanken und Erkenntnissen, die gerade in ihm geboren worden waren, irgendwie auszusprechen.

»Gott«, stieß er hervor, »du bist *unfassbar.* Du bist *anmutig.* Du bist *demütig.* Du bist zu mir gekommen. Ich sehe dich hier vor mir, den *mächtigen, schöpferischen, ewigen* Gott.« Er stieß die Worte in rascher Abfolge hervor, überwältigt von Hoffnung, verloren in einem Meer der Verheißung und absolut verblüfft von der gewaltigen Gegenwart Gottes. Er war voll Ehrfurcht und angesichts der Tatsache, wie unmöglich das alles war, konnte er nur laut loslachen.

Als er sich wieder beruhigt hatte, wiederholte Gott die Worte, die gerade aus Sams Mund gepurzelt waren: »*Unfassbar, anmutig, demütig, mächtig, schöpferisch* und *ewig*. Also, ich muss schon sagen, das ist eine ziemlich spektakuläre Antwort auf meine Frage. Lauter geniale Beispiele für Adjektive.«

Sam schüttelte den Kopf und ließ noch einen letzten Lacher hören, bevor er erklärte: »Ich weiß immer noch nicht, was ein Adjektiv ist!«

»Adjektive sind Beschreibungen. Sie beschreiben Substantive. Du hast gerade mich beschrieben, den Gott des Himmels und der Erde«, sagte Gott und fügte hinzu: »Und ich muss sagen, das hast du sehr gut gemacht.«

Sam setzte sich und dachte über diese Erklärung nach. »Weißt du was, ich habe dich *hervorragend* beschrieben«, erwiderte er schließlich mit einem breiten Grinsen.

»Gut angewandtes Adverb«, sagte Gott, »und wo wir gerade dabei sind, kannst du mir noch ein paar Beispiele nennen?«

Adverb?, dachte Sam. *Was soll denn das jetzt sein?*

Ehe sie die Stunde fortsetzten, bat Sam um eine kurze Toilettenpause. Während er sich die Hände wusch, starrte er in den Spiegel. Saß der Schöpfer des Universums tatsächlich hier bei ihm, um ihm Grammatik beizubringen? *Unmöglich*! Hätte jemand ihm das vorhergesagt, er hätte ihn als frommen Spinner abgetan.

Nun, es gibt wahrscheinlich Schlimmeres, dachte er, als er aus dem Bad kam. *Wenigstens ist Gott kein eingebildeter Fatzke!*

Am Küchentisch sah er Gott in der Zeitung blättern. Anscheinend hatte er die angekreuzten Stellenangebote entdeckt.

»Wie kommst du mit der Stellensuche voran?«

Sam zuckte die Achseln und setzte sich hin.

»Nicht besonders. Irgendwie finde ich keine feste Stelle. Ab und zu mache ich so Aushilfsjobs.«

»Ah, ja, davon habe ich gehört«, meinte Gott mit vielsagendem Lächeln.

Sam brauchte ein paar Sekunden, bis ihm aufging, worauf er anspielte – und dann traf es ihn wie eine Ladung Ziegelsteine und sein Herz sank.

Das Produkt!

Warum bloß hatte er den Job angenommen? Es war ein Fehler gewesen, die chronische Arbeitslosigkeit hatte sein Urteilsvermögen getrübt. Aber was noch schlimmer war – wie hatte eine ganze Gruppe oberfrommer Frauen mittleren Alters auch noch für ihn beten können? Wie konnte es nur sein, dass all diese kleinen Fehler zusammengenommen zu einem so furchtbaren Ergebnis führten? Und das Schlimmste: Warum mussten alle diese Einzelteile ausgerechnet in die Hände dieser schrecklichen Veronica Singleton fallen? Sicher vergaß sie ihm nie, in welch peinliche Situation er sie gebracht hatte, aber ihre Rache war noch die kleinste seiner Sorgen. Direkt vor ihm stand ein viel größeres Problem.

»Oh, es tut mir schrecklich leid«, murmelte er. »Ehrlich. Es tut mir leid, dass ich den Job angenommen habe. Und Mutter davon erzählt habe. Tut mir leid wegen ihrer Freundinnen. Und auch mit dieser ganzen Gebetsnacht – aber damit hatte ich wirklich nichts zu tun. Sie sind alle verrückt. Echt, man kann sie nicht stoppen. Vielleicht sind sie ja wirklich Heilige und ich bin der Verrückte. Ist mir egal, aber ich möchte doch betonen, dass ich die Gebetsstunde nicht gewollt habe!«

Gott grinste.

Macht ihm das etwa Spaß?

»Weißt du«, sagte Gott, »Veronica betet schon seit ihrer Kindheit zu mir. Systematisch. Sie macht es schon so lange, dass es fast von allein geht, sie singt die Worte, ohne sich allzu sehr auf das Beten selbst zu konzentrieren. Aber ich muss schon sagen, als es darum ging, für das Produkt zu beten, das du designen solltest, da war sie total bei der Sache. Das Produkt, das ...«

»Hör auf!«, sagte Sam und seine Augen flehten um Gnade. »Sag es nicht. Es ist so – so unanständig!«

Gott lachte. »Du redest genau wie Veronica«, meinte er.

Was sollte nun das heißen?

»Weißt du«, fuhr er fort, »zwischen dem, wofür mich die meisten Leute halten, und dem, wer ich wirklich bin, klafft ein meilenweiter Graben. Ihr stützt euch nicht darauf, was ich mag und nicht mag, was mich ärgert oder freut und welche Worte ich dafür benutze, wer ich wirklich bin oder nicht. Ihr stützt euch nur darauf, was die frommen Eiferer euch predigen und vormachen.

Die Leute versuchen immer, mich in eine Schublade zu stecken, mir ein Etikett zu verpassen und mich zu klassifizieren. Aber ich passe in keine Schublade und trage kein Etikett. Keiner schuldet mir mehr als der andere. Jeder wurde als ein Abbild von mir erschaffen. Aber wenn die Leute das vergessen, dann bringen ihre Lehren und Dogmen sie leider zu einem Lebensstil, der sie dazu verführt, eine Menge Vorurteile zu hegen.

Daher kommt die Tragik der meisten Predigten. Sie vergessen, dass ich Liebe bin, machen aus mir ein Abbild ihrer eigenen Heuchelei und das predigen sie dann auch. Und so kommt es, dass du nur noch von einem richtenden Gott hörst, einem Gott, der praktisch alles hasst und dem es nur um Regeln und Gebote geht. Aber ehrlich, mir geht es im Prinzip überhaupt nicht um Regeln. Mir geht es darum, dass die Leute eine größere Macht kennenlernen als geschriebene Regeln es sind. Also mach dir keine Sorgen darum, was für ein Vokabular ich gebrauchen sollte oder nicht, und sprich einfach so mit mir, wie du es im Alltag gewohnt bist. Du musst die falschen Berichte vergessen, die du gehört hast, und lass mich einfach den sein, der ich wirklich bin.«

Gott lehnte sich zurück. Sam wartete darauf, dass er weitersprach, aber er schwieg. Er schien genug gesagt zu haben. Er wusste, dass Sam Zeit brauchte, um über das nachzudenken, was er ihm gerade gesagt hatte. Und genau das tat er auch. Ja, genau in diesem Moment ging ihm eine absolut revolutionäre Möglichkeit durch den Kopf.

Was, wenn Gott tatsächlich nichts an Regeln und Bestimmungen lag?

Gott schwieg noch immer und betrachtete Sam mit demselben Grinsen wie vorher. Offensichtlich machte ihm das Ganze richtig Spaß. Sam fragte sich, wieso Gott das Gespräch nicht am Laufen hielt. Wieso ließ er immer wieder solche Momente der Stille aufkommen? Er blinzelte zu ihm hinüber, aber es fiel ihm kein einleuchtender Grund ein. Nun ja, zumindest hatte er dadurch ein wenig Zeit, sein Gegenüber ebenfalls genauer zu betrachten.

Und so richtete er seine Aufmerksamkeit erneut auf den schweigenden Lehrer vor sich. Im Hintergrund summte der Himmel. Eine leise Symphonie erklang aus der Ewigkeit und brachte Gottes Geschichte in die Gegenwart. Aber nicht das Lied war neu, sondern Sam. Es kam ihm vor, als wäre sein altes Leben von einer völlig neuen Realität verschlungen worden. Und so konnte er auch die Stille ganz neu interpretieren, nicht mehr als Strafe, Ausdruck der Enttäuschung oder als Mangel. Sie war vielmehr ein Spiegel von Nähe und Vertrautheit. Er merkte, dass es eine göttliche Ehre war, still zu sein und zu erkennen: Das ist Gott.

Schön war er nicht. Das verwirrte Sam. Sein Äußeres war eher schlicht, geradezu durchschnittlich. Er überlegte, warum er sich als so normal präsentierte, so ganz ohne all die Attribute, die das menschliche Auge sonst so begehrt. Seine Gestalt war weder sportlich noch besonders attraktiv. Doch trotz des fehlenden guten Aussehens und obwohl von brutaler Kraft keine Spur an ihm war – sein anmutiges Wesen fesselte Sams Herz.

Die meiste Zeit seines Lebens hatte er ein völlig anderes Bild des Allmächtigen in sich getragen. Er hatte ihn als hoch aufragenden Koloss von Stärke gesehen, der einen ständigen Schatten des Gerichts auf ihn warf. Den Rücken eines zornigen, verbitterten Herrschers, der seinen Lebensstil missbilligte, sein Schreien ignorierte und seine Treulosigkeit verurteilte. Den Umriss eines brüllenden Richters, der in flammendem Zorn das Schwert gegen ihn zückte; eine Gestalt wie aus Stahl, die seine Hoffnungen zerschmetterte und seine Fehler verdammte; eine fordernde Autorität, die enttäuscht den Kopf schüttelte. Er hatte eine Silhouette gesehen, vor der er nur noch davonrennen wollte. Einen Tyrannen. Einen ungerechten Richter. Auf so einen Gott konnte er wahrlich verzichten.

Doch während er nun schweigend dasaß und in die Augen des verletzlichen Gottes vor ihm sah, da staunte er, dass er so ganz und gar nicht so war wie die Herren in seiner Fantasie. Dieser Gott wollte ihn nicht vor Gericht schleifen. Vielmehr begegnete er ihm wie einem Ebenbürtigen. Er wartete nicht darauf, dass er um Vergebung bettelte. Stattdessen stellte er sich auf Sams Seite. Er verteidigte, ja rechtfertigte ihn sogar. Er brachte Gewalt und Verurteilung zum Schweigen. Er begegnete ihm mitten in seinem Schmutz, erklärte ihn aber für rein. Er redete nicht über seine Fehler, sein Versagen und seinen Unglauben. Er redete einfach mit ihm. Ohne Bedingungen. Unglaublich!

Der Körper, in dem sich zu zeigen er erwählt hatte, war begrenzt, ja, sogar verletzlich. Aber was da vor ihm saß, war mehr als nur ein Irdischer – in ihm befanden sich eine ganze Ewigkeit, grenzenlose Kraft, ein absolut freier Geist. Sam betrachtete diesen unspektakulären Gott in Menschengestalt und als er ihn in einer so zerbrechlichen Hülle sah, gelang es ihm irgendwie besser, auch den unsichtbaren Gott zu erkennen, der in ihm regierte.

Unvermittelt brach Gott das Schweigen. »Nun, ich denke, wir sollten weitermachen. Die Zeit drängt und das Einzige, was ewig dauert, ist die Liebe – aber unsere Grammatikstunde ist alles andere als ewig.«

Sam lachte laut heraus und schüttelte den Kopf.

»Was ist?«, fragte Gott befremdet.

»Ach, nichts. Nur was du gerade von der Liebe gesagt hast, die ewig dauert. Ich hatte nicht damit gerechnet, dass du Witze machst. Das ist alles.«

»Das war kein Witz. Es ist die Wahrheit«, erwiderte Gott.

Die Wahrheit?

Das ging Sam nun doch irgendwie gegen den Strich. Sicher, es war wohl möglich, dass Gott da oben auf seinen Wolken Tagträumen über eine Liebe nachhing, die niemals aufhörte. Aber für die Menschen hier unten sah das doch ganz anders aus. Er sah sich gezwungen, die Sache geradezurücken.

»Tut mir leid, wenn ich deine idealistische Seifenblase zum Platzen bringen muss, aber hier auf der Erde bei uns sterblichen Narren hört die Liebe auf. Immer, um konkret zu sein. Das gehört zum Leben. Wir verlieben uns, die Liebe erblüht – und dann stirbt sie. Natürlich will das keiner von uns wahr haben, deshalb geben wir hoffnungslosen Romantiker uns alle Mühe, der fantastischen Vorstellung von ewig währender Liebe gerecht zu werden ... und dann, wenn wir am wenigsten damit rechnen, verabschiedet sie sich, ohne uns zu fragen, tritt uns in die Eier und fällt tot um.«

Sam hob hilflos die Hände und fuhr mit spöttisch gerunzelter Stirn fort: »Ich gebe zu, irgendwas in uns drin will unbedingt glauben, dass es so etwas wie eine nie endende Liebe tatsächlich gibt. Das Problem ist nur, dass noch niemand sie je erlebt hat – nie.«

Gott überlegte, was er darauf sagen sollte. Schließlich fragte er: »Hat die Liebe dich wirklich in die Eier getreten?«

Sam brach in ein fast hysterisches Lachen aus, denn das war bestimmt das Letzte, was er erwartet hatte.

»Mehr als einmal!«, erwiderte er, ohne zu zögern.

Was ist das nur mit Gott? fragte er sich. Ständig tat er etwas, was überhaupt nicht zu ihm passte. Aber vermutlich, so kam er zum Schluss, war seine Vorstellung von Gott noch nie allzu akkurat gewesen. Und wenn man das bedachte, dann war es einleuchtend, dass Gottes Art nicht mit den Charakterzügen übereinstimmte, die er ihm die ganzen Jahre zugeschrieben hatte.

Nachdem Sam sich wieder beruhigt hatte, sprach Gott weiter: »Ich weiß schon, woher du kommst, wirklich. Ich will auch nicht abwerten, was du erlebt hast. Es ist nur ...«, er machte eine kurze Pause und imitierte Sams spöttische Miene: »Ich sehe das Ende vom Anfang her, falls du verstehst, was ich meine. Ich habe die Innenansicht.«

»Ach ja, wirklich? Dann klär mich mal auf. Was ist das Geheimnis, das ich nicht begreife?«

»Einfach das: Liebe kann nicht sterben, weil das in ihrer DNA nicht angelegt ist. Ist die Liebe einmal geboren, dann ist sie dazu bestimmt, ewig zu leben. Du sagst, du hättest gesehen, wie die Liebe in deinem Leben gestorben ist. Ich kann das als dein persönliches Empfinden respektieren.« Er beugte sich vor und verfiel in ein Flüstern.

»Aber lass mich dir etwas aus meiner Innensicht sagen: Die Liebe ist ein Geheimnis, das viel mächtiger ist, als sich irgendjemand vorstellen könnte, extra erschaffen zu einem Zweck, wie es ihn in der ganzen Schöpfung sonst nicht gibt. Sie kann geschlagen, abgelehnt und missbraucht und, wie du sagst, sogar getötet werden – aber sie wird wieder auferstehen. Dessen kannst du gewiss sein. Ich verspreche dir, wenn ich eines ganz sicher weiß, dann dass die Liebe niemals aufhört.«

Sam starrte ihn verständnislos an, überrascht, dass ihn Gottes kleiner Vortrag so gar nicht überzeugte. Unverblümt entgegnete er: »Tut mir leid, aber ich glaube dir nicht. Nach meiner Erfahrung ist die Liebe tot, wenn sie erst mal gestorben ist.«

Gott wandte sich lachend ab, verblüfft darüber, dass seine große Offenbarung in so kühlem Ton abgetan wurde. Nachdem er überlegt hatte, wie es weitergehen sollte, wandte er sich Sam wieder zu, zog ein paar Geldscheine aus der Tasche und warf sie auf den Tisch.

»Ich wette um fünfzig Dollar, dass ich Recht habe!«

Sam starrte das Geld auf dem Tisch an, verblüfft über diese neue, unerwartete Wendung.

»Das ist doch nicht dein Ernst, oder? Du bist auch noch ein Spieler?«

»Nur wenn ich weiß, dass ich gewinne«, gab Gott zurück.

Gott wartete schweigend. Es war gut, einfach so mit Sam zusammen zu sein. Natürlich war ihm klar, dass die Beziehung erst noch wachsen musste. Sam brauchte Zeit, um Gottes Wege und die Wege der Welt wirklich zu erkennen. Gott wusste: Sam hatte noch nicht begriffen, dass nicht die Wahrheit der Grund für all das war, was in der Welt falsch lief. Natürlich hatte er bereits erkannt, dass es Verdorbenheit gab, aber wie tief das Problem saß, das war ihm noch nicht bewusst. Für ihn geschah alles eher zufällig. Wie systematisch die Menschheit im Lauf der Geschichte ihr Lügengebäude errichtet hatte, war ihm noch nicht klar geworden. Er erkannte zwar recht scharf, wie Gott die Welt im Stich ließ – aber hinsichtlich der verborgenen Absichten der Menschen, die Gott weiterhin als Sündenbock benutzten, war er blind.

Diese Frustration zog sich durch die gesamte Menschheitsgeschichte hindurch. Ja, Gott staunte oft selbst, wie seine Liebe aus egoistischer Selbstsucht so verdreht werden konnte und wie das die Menschen nicht nur täuschte, sondern auch noch ihren Schmerz, ihre Wunden und ihre Traurigkeit vermehrte.

Alles Gute, das er der Menschheit geschenkt hatte, um das wahre Wesen seiner Liebe zu offenbaren, wurde ihr immer wieder entrissen. Ja, nichts, was er der Welt gegeben hatte, hatte es je fertiggebracht, sein liebendes Herz zu offenbaren – alles, was er gratis gab, damit man sich gratis daran freuen konnte, wurde sofort in Beschlag genommen und verdreht. Das wiederum führte zu einem anhaltenden Dilemma. Egal, welche organischen, natürlichen Beispiele seiner Liebe er gab, immer wieder wurden Kontrollsysteme errichtet, mit denen die Offenbarungen seiner Liebe zu leblosen, versklavenden Gesetzen umgeformt wurden.

Die Welt war in vollkommener Schönheit erschaffen worden. Dennoch konnte Gottes Schöpfung das Wesen seiner Liebe nicht wirklich zeigen. Überall herrschte das Verderben und sonderte seine unnatürlichen Gifte, seinen Plastikmüll und einen nie endenden Strom an Schadstoffen ab. Auch der Überfluss an natürlichen Rohstoffen war nicht in der Lage, seine Liebe zu offenbaren, denn die Gier übermächtiger Firmen schüchterte den Einzelnen so ein, dass er es nicht mehr wagte, großzügig zu sein, sondern sich ihrem Plan unterwarf. Ihre Gier zwang ansonsten gute Menschen, Dinge zu horten, die eigentlich geteilt werden sollten, und die zu ignorieren, die eigentlich eingeladen werden sollten, an diesem Reichtum teilzuhaben.

Auch das Geschenk der Gesundheit war unbrauchbar, seine Liebe zum Menschen zu offenbaren, denn nicht mit guter Gesundheit wurde Profit gemacht, sondern mit anhaltender Krankheit. Aus diesem Grund wurde all das Gute, das dem Menschen zur Gesunderhaltung gegeben war, systematisch attackiert, verändert oder verboten. Während der Einzelne sich im Normalfall darüber freuen würde, seine Mitmenschen gesund und munter zu sehen, war die von Gott geschenkte Gesundheit ein Feind des Profits. Und Profit war eine große Verlockung, die selbst ansonsten gute Menschen blind machte. Natürliche Heilmittel wurden nur dazu erforscht, um sie durch genetisch veränderte und leblose Nachahmungen zu ersetzen. Er hatte den Menschen gute Gaben gegeben, um ihnen seine unendliche Liebe zu offenbaren, aber jede dieser Gaben war verdreht worden, um den Gott der Liebe insgesamt in Misskredit zu bringen.

Und das verheerende Leid, das auf der ganzen Welt aus dieser Manipulation und Propaganda entsprang, wurde dann ihm in die Schuhe geschoben. Welche Hoffnung hatte der Einzelne? Propaganda, das Tor zur öffentlichen Meinung, wurde schamlos verbreitet. Lügen galten als Wahrheit. Korruption als Tugend. Entstellung als Klarheit. Wer zu widersprechen wagte, wurde diffamiert, als verrückt bezeichnet, der Ketzerei bezichtigt – oder noch Schlimmeres. Manipulation herrschte überall und zwang allen ihren Willen auf – mit eiserner Hand oder unter dem Deckmantel der Diplomatie.

Gott sah das alles und litt darunter. Doch die Hoffnung hatte ihn nie verlassen, denn er wusste um eine größere Zukunft, etwas, das sich noch niemand vorstellen konnte. Es war diese Hoffnung, die ihn weiterhin an die Macht der Liebe glauben ließ, selbst in Momenten, in denen jene, die ihm so am Herzen lagen, unsäglich litten. Er kannte das Ende. Er wusste, dass die Verdorbenheit der Welt nicht gewinnen würde. Nein, seine Liebe würde siegen. Da war er sich sicher. So sicher, dass er alles darauf wetten würde, sogar sein eigenes Leben.

Sam starrte weiter schweigend vor sich hin. Es wurde ihm immer klarer, dass er Gott jahrelang in die falsche Schublade gesteckt hatte – in eine fromme Schachtel mit dem Etikett »Wissen um Gut und Böse« –, die er in den Tiefen seines Denkens sorgsam verstaut hatte. Viel zu lange hatte er das Gefühl gehabt, eine Beziehung mit Gott wäre hohl und unbefriedigend, aber nun begann er zu begreifen, dass nicht Gott hohl und leer war, sondern die Schublade. Gott war nie darin gewesen; er war der Gott des Lebens und nicht nur eine Information. Die Schublade selbst konnte ihn gar nicht fassen – wie sollte der Schöpfer des gesamten Universums in einen so kleinen Rahmen passen?

Sam konnte es nicht fassen. Jahrelang war er immer wieder zu dieser Schachtel zurückgekehrt und hatte darin eine geistliche Begegnung gesucht. Bis er dann endgültig wegging. Lange hatte er der perfiden Lüge geglaubt, er hätte Gott den Rücken gekehrt, dabei war es nur die Schublade gewesen, von der er weggegangen war. Er hatte die Kiste verleugnet, nicht Gott. Nun ging ihm auf, dass er Gott nie geleugnet und mehr noch, dass auch Gott sich nie von ihm losgesagt hatte.

Das mochte Sam so an seiner Kindheit. Da hatte es keine Schubladen gegeben, nur offene Räume und unbegrenzte Möglichkeiten. Damals hatte der Kontakt zu seinem Schöpfer noch funktioniert. Es war einfach, draußen oder auf dem Spielplatz mit ihm zu reden. Als Kind war es anscheinend völlig normal für ihn gewesen, dass sein Schöpfer mit ihm ging, sich um ihn kümmerte und mit ihm lebte. Gott war über ihm, in ihm und um ihn. Er war größer als das All und konnte seine Fürsorge und seine Persönlichkeit überall aufleuchten lassen.

Es war eine gegenseitige und erfüllende Beziehung gewesen. Sam war noch ein Kind, aber es machte ihm Spaß, mit Gott zu fliegen. Und obwohl Gott so viel größer war als das Leben selbst, spielte auch er gern mit Sam. Es war eine einfache, aber herzliche Beziehung und auf beiden Seiten gab es keinerlei Unsicherheit im Umgang miteinander.

Wo war die Schublade nur hergekommen? Wie hatte er sich vormachen können, der König des Himmels ließe sich in eine irdische Schachtel stecken? Es wurde ihm immer klarer, dass die Schachtel selbst nur Schall und Rauch, nur eine Illusion gewesen war, eine haltlose Lüge. Dennoch hatte sie genug Macht gehabt, ihn abzulenken, ihn zu verwirren und Gottes wahres Wesen in Misskredit zu bringen.

Aber wer hatte die Schachtel entworfen? Sam stellte sich wohl die Frage, hatte aber nicht den Mut, auch nach der Antwort zu suchen. Gott merkte das und konnte Sam kaum einen Vorwurf machen, dass er diesen Gedanken im Moment noch auswich. Wer wollte denn schon erfahren, dass die Wahrheit verleumdet worden war? Wer wollte wirklich wissen, dass letztlich Propaganda und Angst die Welt davon überzeugt hatten, Wahrheit sei Einbildung und Einbildung Wirklichkeit? Wer war bereit, das Märchen zu entlarven, das den Massen verkauft worden war: Dass Gott in einer Schublade steckte und dass man diese Schublade zu akzeptieren hatte? Wer wollte die Wahrheit wissen, wenn diese Wahrheit den Fragenden bis in die Grundfesten erschüttern würde? Nicht viele, schätzte Gott.

All das beunruhigte Sam im Moment allerdings nicht allzu sehr, denn seine Gedanken drehten sich wieder um all die unglaublichen Dinge, die ihm gerade passierten. Er war frei. Frei, Gott kennenzulernen, außerhalb der begrenzten Schublade und in den endlosen Weiten seines Herzens.

Während Sam also seinen Gedanken nachhing, studierte Gott seine Gesichtszüge. Sam hatte eine bemerkenswerte Ähnlichkeit mit seinem Vater Billy. Zwar konnte Sam sich nicht mehr daran erinnern, wie sein Vater ausgesehen hatte, Gott dagegen sehr wohl. Im Haus der Walkers hatte es keine Fotos von Billy gegeben, dafür hatte Sams Mutter gesorgt. Auch in den Fotoalben konnte man sein Gesicht nicht betrachten. Seine Mutter wollte keine Erinnerungen aufbewahren. Er hatte sie verlassen und so löschte sie ihn aus. Was blieb, waren ein paar schmerzliche Erinnerungen, tief im Innern vergraben und so weit wie möglich aus dem Bewusstsein entfernt. Für Sam hatte sein Vater kein Gesicht; nur ein kleiner Rest von Scham lebte in der Erinnerung weiter.

Gott hingegen dachte ständig an Billy. Er liebte ihn genauso sehr wie Sam und seine Mutter, auch wenn beide Seiten einander ablehnten.

Sam sah über den Tisch hinüber und sah eine kleine Träne über Gottes Wange rollen. Er hielt sie für eine Freudenträne. Wie konnte er ahnen, dass sie durch die traurigen Erinnerungen in Gottes Herzen verursacht worden war.

~

Billy hatte gern gelacht, ein unschuldiges Lachen. Nicht, dass er sich daran erinnern konnte. Er war damals noch viel zu klein gewesen. Billys früheste Erinnerung war die Faust seines Vaters. Er war das jüngste von sieben Kindern gewesen und der einzige Junge. Das Leben in Schottland war hart. In einem eiskalten Land war die Armut besonders grausam. Soweit Billy sich erinnern konnte, war sein Vater ein zorniger Mann, der sich erst spät am Abend zu Hause blicken ließ oder, wenn man Glück hatte, überhaupt nicht. Wenn er da war, war er betrunken.

Wenn er seine Frau geschlagen hatte, sah er sich nach Billy um. Das war schon Routine. Nach solchen Zwischenfällen schlug ihn auch seine Mutter und beschimpfte ihn. Es war für sie leichter, ihrem wehrlosen Kind die Schuld an den Blutflecken auf dem Teppich zu geben als dem gewalttätigen Ehemann. Obwohl sie ihn so quälten, wollte Billy seine Eltern gern lieb haben, aber er konnte es nicht. Der Missbrauch durch Menschen, die ihn eigentlich schützen sollten, richtete in seiner Seele großen Schaden an. Im Schatten der Gewalt aufgewachsen verlor er seine Unschuld, noch ehe er wusste, wie er sie schützen konnte. Er war doch noch jung. Ein Opfer von Missbrauch und Armut.

Gott erinnerte sich genau, in welchem Moment er seine Unschuld verlor.

Immer waren es einzelne Momente. Dann schien alles so ungerecht.

Alle Schwestern hatten das Haus verlassen, sobald sie volljährig geworden waren. Billy, der Jüngste in der Familie, wollte nicht so lange warten, aber er zwang sich, die Quälerei auszuhalten, bis alle Schwestern weg waren. Irgendwie hatte er begriffen, dass einer an ihrer Stelle die Schläge auf sich nehmen musste. Er konnte sie nicht mit einem gewalttätigen Vater und ohne Schlagsack allein lassen.

Es passierte an dem Tag, als die jüngste Schwester auszog. Sein Vater kam zurück, voll bis obenhin, und stellte fest, dass aus dem Boxsack ein Boxer geworden war. Es war ein heftiger Abschied, das letzte Mal, als er seinen Vater sah.

Er schnappte sich den Rucksack, den er schon vorher gepackt hatte, und rannte. Am Ende der Straße sah er sich noch einmal um zu dem Haus, das ihn im Stich gelassen hatte – und kehrte nie wieder zurück. Am Abend schwor er sich drei Dinge, die er auf den Stein in seinem Herz schrieb:

Er würde nie wieder zurückkehren.
Er würde nie eine Frau schlagen.
Er würde nie Kinder haben.

Zwölf Jahre später, nachdem Billy zwei der Gelübde gebrochen hatte, schwor er sie sich erneut. Diesmal würde er der Welt beweisen, dass er alle drei bis ans Lebensende halten würde.

Er kehrte nie zurück.
Sams Mutter war die letzte Frau, die er schlug.
Sam war das einzige Kind, das ihn zum Vater hatte.

Was also war schlimmer: Dass Billy von seinem Vater geschlagen worden war oder dass er später seinen eigenen Sohn Sam im Stich ließ? Für Sam war sein Vater ein Bösewicht, nichts Anderes. Die Wahrheit jedoch war nicht ganz so einfach, nicht so schwarz und weiß, denn jeder Bösewicht war zunächst einmal Opfer gewesen. Das war etwas, das niemand wirklich verstand außer Gott.

Gott war da in der Nacht, als Sams Vater ging – vor zwanzig Jahren, fast auf den Tag genau. Er war bei Sam in seiner Dunkelheit, er war bei Sams verzweifelter Mutter in ihrer Hysterie und er war bei Sams Vater in seiner Einsamkeit. Gott weinte – nicht nur um Sam und seine Mutter, die Opfer, sondern auch um seinen Vater, den Übeltäter. Auch wenn offensichtlich war, dass Sams Vater als Erwachsener seinen Sohn vernachlässigt hatte, so hatte Gott doch auch die Tragödie gesehen, die Billy durch seinen eigenen Vater erlitten hatte, als er selbst noch ein Kind war.

Gott wusste wohl, dass es für die meisten Menschen leichter ist, sich auf die Erwachsenen und ihr falsches Verhalten zu konzentrieren und sie danach zu beurteilen, aber er sah das ganze Leben eines Menschen. Er wusste, dass jeder Täter in seiner Kindheit auch Opfer gewesen war. Er verstand den Schmerz. Er wusste, dass sie anderen keine Schmerzen zufügen wollten, aber sie waren in eine Welt hinausgestoßen, die ständig Druck auf sie ausübte, bis sie schließlich nachgaben.

Die Welt beurteilte die Menschen aufgrund einzelner Ereignisse. Gott hingegen sah das ganze Leben. Er hatte Mitleid, wo niemand sonst Mitleid hatte, und er wusste um seine Verantwortung in der ganzen Geschichte, denn schließlich war er es gewesen, der jeden Menschen erschaffen hatte.

Sam war erst sechs Jahre alt gewesen. Er hatte nie verstanden, warum sein Vater gegangen war, nur dass er fort war und dass er keinen Vater mehr hatte. An dem Tag, an dem er seinen Vater verlor, verlor er auch seinen Kinderglauben an einen guten Gott.

Nachdem sein Vater gegangen war, zwang seine Mutter ihn Woche für Woche, wie hypnotisiert den Worten eines Mannes zu lauschen, der von Gott sprach. Diese Erfahrung trieb ihn nur noch weiter vom Glauben weg. Je frömmer die Lehren, die er bei der wöchentlichen Indoktrination in sich aufnehmen musste, umso schwerer fiel es ihm zu sehen, wie einfach das mit Gottes Liebe eigentlich war. Es standen einfach zu viele gesetzliche Forderungen im Weg. Er hatte das fromme Joch schon vor Jahren abgeschüttelt und war als halbherziger Agnostiker durchs Leben gegangen. Bis heute Morgen.

Gott verstand, wieso Sam seinen Glauben schon so früh verloren hatte. Glaube ließ sich nicht durch reine Willenskraft und intellektuelle Entscheidungskraft aktivieren. Er musste übernatürlich sein. Von Gottes Seite ausgehen. Eine Einladung. Wenn Gott rief, dann wurde sein göttliches Wesen ganz automatisch klarer. Doch schon bevor er rief, stand er durch seine DNA bereits in Kontakt mit allen Menschen. Das heißt, durch seine Liebe.

Gott definierte sich selbst als Liebe, aber seine himmlische Definition verstörte und belästigte fromme Menschen, die ihn lieber aufgrund von Dogmen, Lehrsätzen und exklusiven Worten definieren wollten. Ihn als Liebe zu akzeptieren bedeutete, die Kontrolle über den Gott zu verlieren, den sie an der Leine führen und kontrollieren konnten. Das Problem dabei war natürlich, dass ihr Denken nichts weiter war als eine Fantasie. Gott stand nicht zum Verkauf und er würde sich niemals eine Leine um den Hals legen lassen. Das zu erklären ging aber nicht so schnell und einfach.

Es passierte so viel mehr in der Welt, es gab so viele neidische Mächte, die die Liebe zur Seite schoben, und so viele verborgene Absichten. Im Moment war es so, dass die Menschen verletzt waren und einander verletzten. Sie fügten sich noch immer Wunden zu. Tränen flossen. Enttäuschung ließ Herzen brechen. Es gab Schmerzen. Doch in all dem hatte Gott einen Plan, der siegreich enden würde.

Und obwohl er einmal alle Tränen abwischen, jede Wunde verbinden und die Asche eines zerstörten Lebens durch eine herrliche Ewigkeit ersetzen würde, war ihm auch klar, dass den Menschen, die gerade mitten im Leid standen, seine Pläne für die Zukunft und seine Verheißungen nicht viel bedeuteten.

Die Momente. In diesen Momenten schien es so ungerecht und falsch, dass Gott nicht eingriff.

Leute wie Veronica Singleton versuchten, Gott immer zu entschuldigen, indem sie jenen die Schuld gaben, die verletzt worden waren, sie als »Sünder« bezeichneten und mit Anschuldigen überhäuften. Das taten sie in dem verzweifelten Versuch, Gott davon zu entlasten, dass er nicht eingegriffen und nicht all die Traurigkeit und Tragödien verhindert hatte. Doch Gott suchte keine Entschuldigungen für sich selbst und seine offensichtliche Handlungslosigkeit. Er war viel größer. Er übernahm die Verantwortung für alles, was kaputt war. Er wollte es wiederherstellen. Deshalb war er jetzt hier in Sams Wohnung. Er war aus der ungeheuren Ewigkeit herausgetreten und in diesen kleinen Augenblick mit Sam hineingekommen, um ihm zu zeigen, dass alles heil werden kann und auch tatsächlich heil wird.

~

»Nun mach schon, Sam, lass hören – nenne ein Adverb!«, sagte Gott und riss sich selbst aus seinen tiefen Gedanken zurück zu seiner Aufgabe.

Sam runzelte die Stirn und fragte sich, wieso Grammatik so schwierig war. Er widerstand der Versuchung sich in seine innere Welt zurückzuziehen und beschloss, die Antwort mit Gott gemeinsam zu suchen. Es fiel ihm immer noch schwer, die völlig irrationale Situation zu begreifen, in der er sich befand. Gott war bei ihm, hier, in seiner Wohnung. Er war als Lehrer gekommen, aber was genau sollte er lernen? Grammatik stand auf dem Lehrplan, aber steckte da noch etwas anderes dahinter? *Werde ich hier in eine Falle gelockt?* schoss es ihm kurz durch den Kopf.

Nein, sagte er sich im selben Moment. Das würde Gott nicht tun. Wenn Gott eines war, dann ehrlich, oder nicht? Ja, versicherte er sich, ehrlich war er bestimmt. Er schlug die Zweifel in den Wind und fing an zu lachen. Gott schien es nicht zu stören, im Gegenteil, sein Lächeln wurde nur noch breiter.

»Ich sag dir was«, meinte Gott, als er merkte, dass Sam nicht weiterkam. »Ich nenne dir erst mal selbst ein paar Adverbien.«

Sam hob zustimmend die Brauen. Doch Gott ließ sich Zeit. Er stand auf, ging zum Fenster und sah in den bitterkalten Winter hinaus. Der war hart und unnachgiebig und verdammte seine Opfer zu einem Leben der Isolation. Wer konnte in aller Freiheit mit seinen Weggenossen reden, wenn er so brutal unter Druck gesetzt wurde? Sicher, es gab genug Leute, mit denen man ein Gespräch beginnen konnte, aber wer konnte sich unter solchen Bedingungen am Leben freuen? Nein, es ging ums Durchhalten. Das Ganze war ein Mittel zum Zweck. Der Winter pfiff voll Freude über seinen Sieg. Wer konnte ihn überwinden? Wer sein zerstörerisches Werk beenden? Es war, als würde er sich freuen, seine Untertanen niederzutrampeln und dabei noch ein Lied singen.

Ich werde ewig bleiben, ich bin der Winterkönig.

Gott starrte weiter zum Fenster hinaus. Er wusste etwas, das der Winter, dieser boshafte Sklaventreiber, nicht begriffen hatte. Er wusste, dass er nicht ewig dauern würde, sondern nur eine Zeitlang, und dass sein Regiment bald enden würde. Ganz plötzlich, an einem einzigen Tag, würde er vorbei sein.

Das neue Leben, das mit dem Frühling kommen würde, lauerte schon um die Ecke. Doch der Winter, hochnäsig und stolz, wusste davon nichts. Er richtete weiter sein Unheil an, tadelte die, die er im Griff hielt, und sang aus Lust an seiner Tyrannei.

Sich zu Sam umdrehend sagte Gott: »Mann, da draußen scheint es furchtbar kalt zu sein.«

Sam war am Tisch sitzen geblieben und erwiderte eher beiläufig: »Draußen ist es immer kalt.«

Gott lachte.

»He, ich bin derjenige, der ein paar Adverbien nennen wollte. Du mischst dich in meine Arbeit ein.«

Sam hatte keine Ahnung, wovon er sprach.

Gott kam zum Tisch zurück, setzte sich und erklärte: »Ein Adverb ist ein Wort, das Adjektive und Verben beschreibt. Es ist gewissermaßen ein ›Zusatz‹-Wort, um Verben und Adjektive noch besser zu beschreiben. Ich habe gerade ›furchtbar‹ gesagt, um das Verb ›kalt‹ noch besser zu erklären, und du hast auch ein Adverb genannt, um ›kalt‹ noch anders zu beschreiben. Du hast das Adverb ›immer‹ gebraucht.«

Sam schielte über den Tisch. Bis jetzt hatte er bei der ganzen Sache ziemlich gemischte – eher angenehme – Gefühle gehabt, aber nun hatte sich der Wind anscheinend gedreht. Alle seine Zweifel waren zurück. Ihm lag plötzlich etwas Saures auf der Zunge. Ein Schatten im paradiesischen Licht. *Aber wieso?*

Es war eine Frage, die ihm plötzlich durch den Kopf geschossen war und Unheil verkündete, als würde gleich eine ganze Lawine von Fragen folgen. Wieso, fragte er sich, wollte Gott ihm das alles beibringen? Wieso Grammatikunterricht? Grammatik war doch, nun, irgendwie weltlich. Wieso, fragte er sich, lehrte der König des Himmels ihn die Sprache der Menschen? Er zermarterte sich das Hirn auf der Suche nach einer Antwort, aber vergeblich. Dieser ganzen Sache, so unglaublich sie bis jetzt gewesen war, fehlte irgendwie die Klarheit. Wollte Gott ihm wirklich einfach nur die Grammatik erklären? Da musste doch mehr dahinter stecken. Oder etwa nicht?

Er versuchte, Gottes Motive und Absichten zu ergründen, aber es gelang ihm nicht. Es sollte ihm wohl verborgen bleiben, auch wenn er das Geheimnis noch so gern gelüftet hätte. Er spürte, wie ein leichtes Gefühl der Frustration sich seiner bemächtigte. Sie lauerte zwischen anderen unwillkommenen Mitspielern in den Schatten seines Unbewusstseins und wollte mitmachen. War es das? Einfach ein neues Spiel? Er war schon sein ganzes Leben zum Narren gehalten worden. Er hasste Spiele.

Obwohl Sam es nicht sehen konnte, hatte Gott ein größeres Ziel, eine größere Hoffnung. Ja, es gab ein Geheimnis zu lüften und er wollte Sam nur zu gern noch viel mehr zeigen. Aber mit Erklärungen war das nicht zu machen. Es ging nicht um einen Informationsaustausch. Es ging um mehr als nur um Informationen. Die

Erfahrung, die Reise selbst würde zeigen, was er wirklich wollte.

Er wusste, dass dieses Geheimnis, das er über ihrer augenblicklichen Beziehung schweben ließ, anfing Konflikte mit zu sich bringen. Er sah die Fragen schon kommen. Und natürlich wusste Sam nicht, dass dies einer der wichtigsten Teile der Reise war. Gott hatte ihn mit einem wunderbaren Verstand erschaffen. Einem Verstand, der denken, fragen und die Wahrheit suchen sollte. Er vertraute Sams Herz und wusste, wenn er frei sein würde zu fragen und mutig genug, um zu suchen, dann würde er auch die ganze Wahrheit finden.

Den Menschen waren schon zu viele Märchen über Gott untergejubelt worden. Diese Märchen hatten bewirkt, dass eine Generation nach der anderen zu religiösen Konsumenten geworden war statt zu Abenteurern des Lebens, dass sie wie in Hypnose erstarrten und Antworten auf Fragen schluckten, die sie nie gestellt hatten. Die Wahrheit hingegen kann man keinem in den Mund schieben. Jeder muss sie selbst entdecken. Man musste sich auf die Suche machen, wenn man die Wahrheit in ihrer reinsten Form empfangen wollte. Gott wusste, wenn Sam erst einmal begann, nach der Wahrheit zu suchen, dann würde er mehr finden, als er je erwartet hatte.

Sam versuchte sich wieder auf die Aufgabe zu konzentrieren und die Erklärung in seinen eigenen Worten wiederzugeben.

»Die Regel lautet also, dass ein Adverb Adjektive oder Verben beschreibt, und Adjektive beschreiben Substantive. Ist das richtig?« In seiner Stimme schwang eine leise Unsicherheit mit.

»Nun ja, in manchen Fällen kannst du mit einem Adverb auch ein anderes Adverb erklären«, erwiderte Gott. Als er sah, dass Sam ihn nicht verstand, fuhr er fort: »Lass uns zusammen ein Beispiel suchen. Nenne mir zuerst einmal ein Substantiv. Irgendeins.«

Sam blieb der Mund offen. Sein Denken war wie gelähmt. Was war bloß wieder ein Substantiv? Wie sollte er die Grammatikregeln behalten, wenn er so unter Druck stand?

Gott half ihm bereitwillig. »Das …?«, begann er und gab Sam mit der Hand ein Zeichen, den Satz zu beenden, als wollte er ihm ein Wort zuwerfen.

Sam sah sich in der Wohnung um, überlegte, versuchte Zeit zu gewinnen, zermarterte sich das Hirn. Schließlich sagte er: »Herz, das Herz.« Gott hob die Brauen. Damit hatte er nicht gerechnet, aber er nickte zustimmend.

»Das Herz«, wiederholte er, »Gute Wahl. Es gibt nichts Wichtigeres als das Herz. Und nun brauchen wir ein Adjektiv, um es zu beschreiben. Hast du eine Idee?«

»Gebrochen«, stieß Sam hervor.

Gebrochen?

Wieso hatte er das gesagt? Wütend biss er sich auf die Lippen. Wie peinlich. Er hätte *rot* sagen können oder *groß*. Aber doch nicht *gebrochen*. Er wollte nicht über gebrochene Herzen diskutieren, schon gar nicht über sein gebrochenes Herz. Er war wütend auf sich selbst und suchte nach einer Ausflucht. Er wollte gerade davonrennen, als Gott ihn mit seiner Gnade umhüllte und in seiner Freundlichkeit einen Ausweg aus dem Chaos bot.

»Ich sag dir was, lass uns doch einfach ein anderes Adjektiv nehmen. Wie wäre es mit neu?«

Sam stimmte schnell zu, froh, die Unterhaltung in eine andere Richtung lenken zu können. »Ja, ein neues Herz. Das klingt gut.«

»Da haben wir also unser Substantiv, Herz, und unser Adjektiv, neu. Jetzt haben wir die Möglichkeit, noch ein weiteres Wort hinzuzufügen, um das Adjektiv zu beschreiben. Das ist dann unser Adverb. Was schlägst du vor?«

Der Ball war wieder bei Sam. Diesmal überlegte er sehr lange. So wie eben wollte er sich nicht mehr zum Fenster hinauslehnen. Mit welchem Wort konnte er *neu* beschreiben? Das Einzige, was ihm einfiel, war *brand*, aber war das ein Adverb? Nun, wenn es ein Adjektiv beschreiben sollte, musste es wohl eins sein, oder? Sein grammatikalisches Fundament war wirklich ziemlich wacklig und er wusste nicht, ob er es richtig begriffen hatte, aber er legte seine Karten auf den Tisch. »Ein brandneues Herz«, sagte er und versuchte möglichst zuversichtlich zu klingen.

»Sehr gut«, erwiderte Gott. »Wir haben also ein Substantiv, Herz, ein Adjektiv, neu, und ein Adverb, brand.

Aber wir können noch weiter gehen. Wie wir gerade gesagt haben, kann ein Adverb gebraucht werden, um ein Adjektiv, ein Verb oder ein anderes Adverb zu beschreiben. Versuchen wir also ein weiteres Adverb zu finden, das uns hilft, den Ausdruck ›brandneues Herz‹ noch besser zu erklären.«

Sams Kopf schmerzte, sein Gehirn versagte seinen Dienst. Er stand auf. Wenn er jetzt nicht aufstand, würde er zusammenklappen. Aus einem ihm unbekannten Grund schrie er mit aller Kraft: »Ein total brandneues Herz!«

Er erstarrte. Was war nur mit ihm los? Gott starrte ihn an. Für den Bruchteil einer Sekunde blieb die Welt stehen, das All zog sich zusammen und der Boden gab nach. Aber dann ließ Gott mit derselben Wucht eine ganze Welt von Klängen im Raum explodieren – er brach in lautes Lachen aus. Sams Magen beruhigte sich. Die Scham wich der Freude und ohne jeden Grund begann auch er zu lachen.

»Wie wär's mit einer kleinen Pause?«, schlug Gott vor.

Sam war einverstanden. Allmählich wurde er müde. Der Unterricht war zwar alles andere als langweilig, aber er war trotzdem irgendwie erschöpft. In seinem Kopf wirbelten die unterschiedlichsten Gefühle und Erkenntnisse durcheinander und er war froh über eine Unterbrechung. Doch was als Nächstes geschah, brachte ihn völlig aus der Fassung. Gott fragte ihn – als wäre das das Normalste in der Welt –, ob er seine Toilette benutzen dürfte!

Unmöglich!

Mit allem anderen hätte Sam gerechnet. Aber doch nicht damit. Ja, er hatte das Gefühl, er würde halluzinieren.

Wieso wollte Gott seine Toilette benutzen? Musste er ...! Obwohl das ja für jeden Menschen die natürlichste Sache der Welt war, für den göttlichen Urheber allen Lebens musste das doch völlig erniedrigend sein – oder etwa nicht?

Die grünen Auen in Sams Gedankenwelt drehten sich plötzlich nach Süden. Gleichzeitig erschienen Gletscher und nahmen Gestalt an und verwehrten ihm jede Möglichkeit, einen sicheren Ausweg zu finden. Logisches Denken wurde unmöglich. Denn was konnte daran logisch sein, wenn der allmächtige Schöpfer des Universums sich auf Sams Thron niederließ?

Schrecklicher Gedanke. Aber was noch schlimmer war: Sam hatte keine Kontrolle mehr über das Drehbuch in seinem eigenen inneren Filmstudio. Trotz seiner verzweifelten Versuche, das Ganze zu stoppen, begann sich ein Film abzuspulen, in dem Gott die Hauptrolle spielte – mit der Hose auf den Füßen. Zu allem Überfluss wurde aus dem Ganzen also auch noch eine Komödie, noch dazu mit einem lächerlichen Soundtrack. Dabei gab es nach Sams Ansicht hier überhaupt keinen Grund zum Lachen. *Tu es nicht, Gott. Das kannst du doch nicht machen!* protestierte es in seiner Fantasie.

In der Zwischenzeit wartete Gott – nicht so sehr darauf, dass ihm der Weg zum Bad gezeigt wurde, sondern auf die Erlaubnis, es zu benutzen. In dieser unmöglichen Situation dämmerte Sam, dass Gott sich noch viel tiefer hinabbeugte als er ursprünglich geglaubt hatte.

Er zeigte ihm den Weg zum Bad und erteilte ihm mit einer Handbewegung die Erlaubnis, es zu benutzen. Gott wandte sich um und schloss die Tür hinter sich. Sam geriet in Panik. Was machte er bloß da drinnen? Vielleicht wollte er sich ja auch nur die Zähne putzen. Sicher, auch das wäre ziemlich seltsam, aber doch wenigstens eine Möglichkeit. Aber vermutlich würde er tatsächlich ...

Nein. Das war doch unmöglich! Bitte, Gott, tu es nicht!

Würde er selbst denn jemals wieder seine Toilette benutzen können, nachdem der Allmächtige sie mit seinem Besuch beehrt hatte?

Die Logik schien sich aus seinem rationalen Epizentrum zu verabschieden. In seiner Verzweiflung versuchte er sich zu beruhigen, indem er ein großes Glas Wasser leerte und gleich noch eins. Seine Nerven schrien nach einem dritten und klammerten sich an alles, was seine Gedanken ablenken könnte, aber die plötzliche Erkenntnis, dass er selbst bald die Toilette benötigen würde, wenn er weiter trank, stoppte jede weitere Flüssigkeitsaufnahme.

Wahrscheinlich würde seine Toilette zu einer heiligen Reliquie. Langfristig vielleicht sogar zu einer hochheiligen Attraktion für fromme Touristen, aber im Moment steckte er in einem furchtbaren Dilemma: Was war, wenn er selbst zur Toilette musste? Schnell entwarf er einen vorläufigen Plan – wenn es wirklich nicht anders ging, könnte er sich direkt in die Badewanne entleeren. Doch alles andere als ein paar kleine Tropfen wäre die Katastrophe.

Er hörte die Wasserspülung und seine Miene erhellte sich. Das Geräusch zeugte von einer peinlichen Wirklichkeit. Gott dagegen schien das Ganze überhaupt nicht peinlich. Aus unerklärlichen Gründen verwirrte das Sam umso mehr. Alle frommen Vorstellungen, die sich noch immer in den Schatten seines Unbewusstseins herumtrieben, wurden ausgelöscht. Gott war wirklich überhaupt nicht so, wie die Schilderungen der selbst ernannten Priester und Propheten es darlegten. Er war völlig normal.

All seine falschen Vorstellungen wirbelten wie Stoßwellen durch seine mentale Festplatte. Währenddessen waren die Hände der Gnade dabei, seine geistlichen Schaltkreise richtig zusammenzustecken.

~

Die Grammatiklektion war bis dahin eine eher positive Erfahrung gewesen. Obwohl Sam hin und wieder ein paar Zweifel kamen, war es alles in allem eine unglaubliche Sache. Sein momentanes Glücksgefühl hätte vielleicht angehalten, wäre Gott nicht mit einem neuen Vorschlag gekommen. Denn er hielt es für angebracht, kurz den Gebrauch der »Zeiten« zu wiederholen. Und tatsächlich begann er sofort, die verschiedenen Zeitformen in der Grammatik zu erklären, wobei er mit den einfachsten anfing.

Ein Gespräch über Vergangenheit, Gegenwart und Zukunft, selbst in den leblosen Begrifflichkeiten der Grammatik, setzte in Sams Kopf jedoch eine Abfolge von problematischen Gedanken in Gang. Dabei waren es nicht einmal die ketzerischen Überlegungen selbst, die ihn störten. Es war die Ungerechtigkeit, dass er, der einst unabhängige Herr seines Bewusstseins, diese Gedanken nicht unter Kontrolle hatte. Das war eine der Sorgen, die ihn im Blick auf die neu erlangte Freiheit zunehmend quälten.

In den Mauern seiner inneren Festung standen die Gedanken und Erinnerungen unter strengster Kontrolle und sie waren einer Machthierarchie unterworfen. Sie hatten keine Stimme, keine Freiheit zu schreien oder zu heil zu werden. Doch nun, wo er mit Gott unterwegs war, schienen sich die Kräfte in seinem eigenen Herrschaftsbereich zu verschieben. Er spürte die Bewegung weg von der Diktatur hin zur Demokratie. Unterdrückung wurde abgelöst von Freiheit; das Verbot der freien Meinungsäußerung von der Möglichkeit, gehört zu werden. Aber wollte er denn von den lang begrabenen Erinnerungen überhaupt noch etwas hören? Er hatte den Schmerz vor so langer Zeit zum Schweigen gebracht. Wollte er ihm wirklich erlauben, sich noch einmal zu äußern, sich zu enthüllen? Ja, er spürte, wie schön Freiheit ist, aber was war mit all den Gefühlen, Gedanken und Erinnerungen, die er lieber unter Verschluss halten wollte? Es war ihm klar, dass Gott ihn gerade in noch größere Freiheit führte, aber da waren immer noch ein paar Erinnerungen, die er lieber weiterhin unterdrücken wollte.

Wenn es im Leben doch nur allein um die Gegenwart ginge! Wenn es nur eine einzige Zeit gäbe! Wie schön das wäre. Dann könnte er sich auch viel mehr an der Gegenwart freuen. Denn in der Gegenwart war Gott bei ihm und redete ganz konkret mit ihm. Aber irgendwie spürte er instinktiv, dass dieses Privileg nicht andauern würde. Irgendwann war der Unterricht zu Ende – und was dann?

Die Zukunft war nicht nur ungewiss, sie war auch unkontrollierbar. Er erkannte, dass je länger die Reise ging, er umso mehr von seiner Souveränität abgeben würde. Er öffnete sich, gewährte Zutritt zu Orten, an denen doch eigentlich er der Herr sein sollte. Doch dieser Handel schien dazuzugehören. Er wechselte von der Rolle des Diktators zu der eines Senators. Er hatte immer noch etwas zu sagen, aber er war nicht mehr der Einzige. Bei allem, was ihm gerade durch den Kopf ging, war das der Gedanke, der ihn am meisten beunruhigte.

Mit der Gegenwart hatte er keine Probleme. Schließlich saß er hier in der Gesellschaft des Allmächtigen. Eine absolute Erfahrung der Gegenwart, in jeder Hinsicht. Doch im Leben ging es nicht nur um die Gegenwart. Er hatte auch eine Vergangenheit, mit der er leben musste, und dann waren da noch seine Ängste vor der Zukunft. Was sollte er mit seiner Vergangenheit machen? Er hatte es schon vor langer Zeit aufgegeben, sich damit auseinanderzusetzen; es schien vergebliche Mühe zu sein. Bei allem Grübeln war ihm nie eine Erleuchtung gekommen, nie ein Moment der Klarheit. Von Zeit zu Zeit hatte er ein bisschen philosophiert, sogar ein paar Gedanken über das Leben und seine Enttäuschungen formuliert. Aber es waren immer nur Worte, die sich auf dem Gipfel zwar gut anhörten, im Tal aber keinen Trost bieten konnten.

Und was war mit den Mauern in seinem Inneren? Er war nicht mit ihnen zur Welt gekommen. Sie gehörten nicht zu seiner DNA, aber jetzt waren sie da und sie standen auf sicherem Fundament. Ja, für ihre Errichtung hatte es gute Gründe gegeben. Bevor es sie gab, hatten Pfeile sein Herz durchbohrt, Steine seine Seele getroffen. Er brauchte etwas, das ihn vor solchen Schmerzen schützte, und solch ein Schutzschild gehörte aus für ihn unerfindlichen Gründen nicht zur Grundausstattung.

Er überlegte, wieso Gott ihn erschaffen hatte, wieso er überhaupt jemanden erschuf ohne eine Zuflucht, ohne eine starke Burg, in der man Ruhe finden konnte. Wieso musste er sich einen solchen Ort selbst errichten? Gott musste doch wissen, dass er Schutz brauchte. Ihn ohne solch eine Zuflucht zu erschaffen, war ein Planungsfehler, für den letztlich der Designer die Verantwortung trug. Er selbst hatte die Mauern in seinem Inneren errichtet, aber er war es nicht allein gewesen. Es war nicht sein Wunsch gewesen, diese Mauern zu bauen, sondern vielmehr eine Notwendigkeit. Er brauchte Sicherheit. Er brauchte Schutz vor der Scham und dem Schmerz.

Die Vergangenheit war immer voller Verheißungen gewesen, aber die hatten sich nie konkretisiert. Sie waren verfrüht gewesen. Verloren und von der Flut des Unglücks weggeschwemmt. Trügerisches Vertrauen und unerwünschte Erinnerungen lagen nun auf dem Boden seines Herzens. Was hätte er tun sollen? Er war doch erst sechs Jahre alt gewesen. Wie hätte er mit der Tragödie umgehen sollen, in die er auf so dramatische Weise hineingeraten war? Im Lauf der Zeit hatte er gelernt, dass eine solche Tragödie keine Ausnahme war, doch für die reine Unschuld seines Kinderherzens war sie es gewesen. Er war damals ja noch nicht erwachsen gewesen, sondern noch immer unschuldig wie ein Kind. Wie sollte er begreifen, dass so etwas jedem passieren konnte? So nahm die Scham von ihm Besitz.

Wieso schämte er sich? Als Erwachsener hatte er durch kühle Logik gelernt, dass er für Scham- oder Schuldgefühle nicht verantwortlich gemacht oder angeklagt werden konnte. Aber Logik und Vernunft waren nicht die Weggefährten seiner Kindheit gewesen und als die Liebe ihn, wie es so oft passiert, betrog, da verlor er auch die Fähigkeit, so zu leben, wie er es früher getan hatte. Vor langer Zeit hatte er erlebt, wie die Welt da draußen sich weiter in bunten Farben drehte, während seine innere Welt in Grautönen zum Stillstand kam.

Hätte er denn eine Wahl gehabt? Was war ihm Anderes übrig geblieben, als diese Mauern zu bauen? Sie hatten ihn gerettet. Oder behaupteten sie das nur? Nein, sie hatten ihm wirklich geholfen, denn ohne sie hätte er nicht weitermachen können. Er hatte sie gebraucht, damals. Aber wie war es jetzt? Vielleicht waren sie inzwischen nicht mehr nötig. Aber ihre Grundmauern waren fest verankert. Er versteckte sich zwar nicht mehr in ihnen, aber sie waren immer noch da.

Gott hatte ihn an diesem Morgen im Inneren seiner Mauern aufgesucht und es irgendwie geschafft, ihn daraus hervorzulocken und immer weiter weg zu führen, und gemeinsam waren sie in den weiten Raum seiner Seele vorgedrungen. Er spürte, wie er mit Gott auf dem Weg war, und so befreiend sich das anfühlte, ging auch eine Verletzlichkeit damit einher, und die musste er akzeptieren. Das machte ihm Angst, denn um sich verletzlich zu machen, gibt es nur eine einzige Möglichkeit – man muss Vertrauen haben. Das hatte er früher bereits gewagt, davon zeugten die Wunden in seiner Seele.

Sams Gedanken gingen zurück zu dem Traum, mit dem das ganze Fiasko begonnen hatte: Ein unerwarteter Flashback, der Erinnerungen wachrief und ihm die Einzelheiten wieder ins Bewusstsein rückte.

Er stand auf einer Klippe am Meer. Der Wind tobte. Er blieb stehen, wo er war, so dicht an der Felskante wie es ging, ohne dabei abzustürzen. Die Welt um ihn herum schimmerte in hellem Licht. Jemand rief, er solle springen – und er sprang.

Er sprang und die Luft erfasste seine breiten weißen Flügel und trug ihn hinaus zum Horizont. Er flog und flog, voller Ehrfurcht vor der Schönheit der Schöpfung. Er flog, bis die Flügel ihn nicht mehr tragen wollten. Und erst nachdem er schon stundenlang unterwegs gewesen war, befiel ihn ein Gefühl der Panik, denn nach Stunden grenzenloser Kraft entwich ihm plötzlich innerhalb von Sekunden alle Kraft und nirgends bot sich ein Ort, an dem er landen konnte. Die Flügel waren groß und mächtig – zum Fliegen wunderbar – aber sie waren für die Luft konstruiert und nicht für das Wasser. Was sie in der Luft vollbrachten, würde ihm im Wasser zum Verhängnis werden. Sie waren zu schwer, sie würden ihn nach unten ziehen.

Er spürte, wie sein Herz sich nach Hause sehnte, auf seinen Felsen, aber er war schon zu weit gereist. Es gab kein Zurück. Er starrte auf das Wasser, diese Tiefe würde sein Ende bedeuten. Wie in einer Spirale zog es ihn nach unten. Er dachte an sein Leben, so viel und doch so klein, und ergab sich ins Unvermeidliche.

Er schlug auf dem Wasser auf und versank. Die großen weißen Flügel zogen ihn hinab. Und dort – sein Atem war ausgelöscht und der Wunsch zu kämpfen vergangen – sah er ihn ... dort sah er Gott. Das Wasser vor ihm teilte sich unvermittelt und vor ihm lag ein großer Schatz. Er starrte ihn an und fragte sich: Womit habe ich das verdient?

Sein Geist verzehrte sich nach einer Antwort. Mit jeder Faser seines Wesens wünschte er sie herbei, doch anstatt einer Antwort ließ Gott ihn wissen, dass er die Frage noch einmal überdenken sollte. Aber er konnte nicht erkennen, was an der Frage falsch sein sollte. Statt ihm zu antworten, forderte Gott ihn auf, seine Grammatik zu verbessern. Gott hatte entweder einen ziemlich verdrehten Humor oder aber einen Plan, der sein Verständnis überstieg.

Damit hatte der Traum geendet. Wieso waren Träume am Schluss immer so bizarr? Was, um Himmels willen, hatte Grammatik damit zu tun? Jedenfalls hatte er keine Antwort erhalten. Noch ein paar Augenblicke lang zog er um das Geheimnis herum, dann war er aufgewacht.

Was sollte das alles bedeuten?

Er hatte das Angesicht Gottes gesehen. Er war aus dem Wassergrab wieder zum Leben erweckt worden. Irgendwie ging es wohl um einen noch größeren Schatz. Wieso aber war er beim Aufwachen so traurig gewesen, obwohl der Traum doch einen hoffnungsvolleren Ausgang angedeutet hatte? Sicher, er hatte sich zunächst nicht an den

Traum erinnert, aber irgendetwas hätte doch hängenbleiben müssen. Vielleicht, so überlegte er jetzt, war der Traum ja gar nicht positiv gewesen. Vielleicht deutete er ihn falsch. Vielleicht hatte er sich geirrt.

Was, wenn es bei dem Schatz nicht um etwas ging, das er bekommen, sondern etwas, das er verlieren würde? Vielleicht hatte er nicht gefragt, was er getan hatte, um einen so großen Schatz zu erhalten, sondern vielmehr, warum Gott ihm nahm, was eigentlich ihm gehörte.

Was hatte Gott damit gemeint, dass er die Frage überdenken solle? Was war mit dem Meer? Wofür stand es? Bedeutete das Wasser Anfang oder Ende? Sollte er in ein neues Leben voller Reichtum eingehen oder sich der Enttäuschung geschlagen geben und sein altes Leben begraben? Was hatte Gott überhaupt mit dem Leben vor? Wollte er es geben oder nehmen? Er spürte, wie der Stachel des Elends sich wieder hervorwagte.

Kann man Gott vertrauen?

Was, wenn er in eine Falle gelockt wurdet? Er wollte die Antwort nicht wissen, denn sie würde nur zu noch schwierigeren Fragen führen, die er gar nicht stellen wollte. Er wollte doch nur glücklich sein. War das denn zu viel verlangt?

Es kam ihm vor, als würde eine ganze Armee in ihm kämpfen und sein Inneres durcheinanderbringen. Verzweifelt versuchte er die Fassung wiederzuerlangen, biss die Zähne zusammen. Sterne flackerten in seinem Kopf, während eine ganze Farbparade durch den Raum tanzte.

Was hatte diesen plötzlichen emotionalen Protest eigentlich ausgelöst? War er zornig? Nein, wohl eher ... traurig. Mitten in der Begegnung mit dem lebendigen Gott und seiner himmlischen Herrlichkeit stellte er fest, dass der Kummer immer noch sein Herz gefangen hielt. Er wollte nicht weinen, er weinte nie. Es ging mehr darum, gegen eine Art Stillstand in seinem Inneren zu kämpfen. Er wollte, dass sein Leben weiterging.

Wohin sollte das alles führen? Er war es müde, immer in Ungewissheit zu leben. Wie sollte sein Leben nach dieser übernatürlichen Begegnung weitergehen? Schließlich würde sie früher oder später zu Ende sein. Aber was war mit seinem ganz normalen Leben? Das würde nicht aufhören. Morgen würde er wieder aufwachen. Nächstes Jahr würde er wieder aufwachen. Auch wenn es Gott, dessen Leben sich über eine ganze Ewigkeit erstreckte, womöglich kindisch vorkam – für ihn war es wichtig.

Was war mit dem normalen Leben? War es nicht genauso wichtig wie das Übernatürliche? Oder noch wichtiger? Schrecklich! Was sollte er glauben? Am liebsten würde er sein Leben vergessen und sich ganz im Himmel verlieren. Aber was war dann mit morgen? Er hatte keinen Job. Keine Partnerin. Keine Sicherheit. Die Armee versammelte sich und versuchte verzweifelt, die Absperrung zu durchbrechen.

Seine Hände zitterten ein wenig und erinnerten ihn an seinen Verlust. Aber was hatte er verloren? Es ging nicht um einen bestimmten Moment, eine bestimmte Situation; es war vielmehr das Gefühl des Verlusts selbst, das ihn zu ersticken drohte. Mit dem Verlust von Dingen kam er zurecht; auch mit dem Verlust von ihm nahestehenden Menschen hatte er gelernt umzugehen. Aber nicht mit dem Verlust seiner selbst. Genau das war die Wurzel seiner Frustration und seiner Scham, die jedes Mal seine Seele erschütterte, wenn er allzu intensiv daran dachte. Verlor er die Kontrolle über sein Leben?

Die jüngsten Offenbarungen hatten ihn deutlich aufgewühlt. Was, wenn die Sache zwischen ihm und Gott nicht funktionierte? Wäre es okay, wenn sie den Unterricht einfach mit einem freundlichen Händedruck beenden und er dann so weiterleben würde, als würde Gott in seinem Leben keine aktive Rolle spielen? Gott hatte ziemlich viel getan, damit er in seiner Gegenwart zur Ruhe kommen konnte, aber vielleicht steckte ja doch noch etwas anderes dahinter, eine lästige Verpflichtung, irgendeine Forderung, der er noch zustimmen musste. Und wenn er das nicht tat? Der Gedanke setzte ihm zu. Was, wenn Gott nur deshalb so nett und freundlich zu ihm war, weil er sein Herz wollte? Sam war sich nicht sicher, ob er das bereits geschafft hatte. Vielmehr spürte er in sich den Drang, einen solchen Sieg nicht zuzulassen.

Der Weg mit Gott barg eine Menge Ungewissheiten. So viele Fragen mussten gestellt werden. Seine Festung hingegen war ein Platz der Gewissheit. Dort musste man nichts infrage stellen. Das war genau der Punkt. Sicher, es kam keine Liebe hinein und seine Liebe konnte nicht hinaus, aber es war ein sicherer Ort. Dort gab es kein »Was wäre, wenn«.

Gott merkte, wie Sams Blick abschweifte und mit ihm seine Gedanken. Er schlug vor, den Unterricht vorläufig zu beenden und Mittagspause zu machen. Dieser Vorschlag kam Sam gerade recht. Er war innerlich total erschöpft und brauchte unbedingt einen Kaffee. Gott zu seiner Überraschung auch.

Gott trank Kaffee? Irgendwie gefiel ihm das.

~

Sie standen beide auf und Sam stellte noch einmal die Kaffeemaschine an. Noch eine Tasse Kaffee ... er verspürte leichte Schuldgefühle. War er bereits süchtig? Nein, beschloss er bei dem Gedanken, dass Gott hier direkt neben ihm stand und ebenfalls auf einen starken Kaffee wartete.

»Ich hätte eher gedacht, du wärst ein Wassertrinker«, meinte Sam freundlich, aber ehrlich. Die Tatsache, dass Gott Kaffee trank, war noch einer dieser Gedanken, mit denen er erst mal fertigwerden musste.

»Oh, ich liebe meinen Kaffee«, erwiderte Gott, ohne es weiter auszuführen. Das Funkeln in seinen Augen nach dem ersten Schluck verriet allerdings, dass es sich hier wirklich um eine Herzensangelegenheit handelte.

Außerdem hatte Gott jetzt auch Hunger. Er fragte, vielleicht etwas zu direkt: »Hast du was zu essen da?«

Sam ging in Gedanken durch, was er anzubieten hatte. Er konnte sich nicht erinnern, wann er das letzte Mal eingekauft hatte. Es musste schon über eine Woche her sein. Im Tiefkühler war noch etwas Essbares, aber der Kühlschrank war leer. Er zog also eine tiefgefrorene Fertigmahlzeit hervor und hielt sie Gott hin mit der Bemerkung, das könne er in die Mikrowelle schieben.

Gott war von dem Vorschlag nicht allzu beeindruckt und meinte lachend: »Im Moment habe ich eigentlich keine Lust auf ein Fertiggericht. Hast du nichts Richtiges?«

Sam wusste bereits, wie die Antwort lautete: Nein.

Eigentlich aß er ja gern Obst und Gemüse, aber irgendwann hatte er die innere Motivation verloren, Frisches zu kaufen. Stattdessen war er auf Mikrowellengerichte ausgewichen. Das war einfach und praktisch. Und für ihn war das auch richtiges Essen. Gott allerdings schien da anderer Meinung zu sein.

»Weißt du was? Ich gehe mal kurz raus und hole uns was Frisches«, schlug er vor. »Ich kenne da eine gute deutsche Bäckerei gleich um die Ecke. Sie machen nicht dieses weiche weiße Zeug. Sie backen richtiges Brot«, und die Nase rümpfend zeigte er auf einen alten Laib Weißbrot voller Konservierungsstoffe, der auf der Küchenplatte lag.

Sam nickte zustimmend. Er war etwas überrumpelt, weniger von Gottes Humor als vielmehr davon, dass er den Stadtteil kannte.

»Woher weißt du, dass es hier eine deutsche Bäckerei gibt? Das weiß ja nicht einmal ich.«

»Was meinst du denn, wo ich lebe?«, erwiderte Gott. »Dachtest du, ich wäre hier völlig fremd?«

Seltsame Frage. Sam war sich nicht sicher, wie Gott das meinte. Wo er lebte? Darüber hatte er noch nie richtig nachgedacht. Irgendwie hatte er wohl immer geglaubt, Gott wohne irgendwo über den Wolken in einem herrlichen Reich voller singender Engel und Heiliger. Stimmte das denn nicht? Gott lächelte und unternahm keinen Versuch, seine Worte zu erklären. Stattdessen lenkte er das Gespräch auf etwas ganz Praktisches.

»Mir scheint, draußen ist es furchtbar kalt. Kannst du mir eine Jacke ausleihen, damit ich nicht erfriere?«, meinte er scherzhaft, aber doch irgendwie im Ernst. War er so schwach, dass der harte Winter ihn umbringen konnte? Musste Sam ihm wirklich helfen? Das konnte er doch sicher selbst, oder etwa nicht?

Gott hatte ihn total überrascht mit seiner Demut, aber dass er nun auch noch auf seine Hilfe angewiesen war, das war irgendwie peinlich. Ein besseres Wort fiel ihm nicht ein. Es war okay, wenn er demütig war, ja sogar irgendwie bewundernswert, aber schwach? Wenn der beißende Winter ihn fertigmachen konnte, welche Hoffnung gab es dann noch, dass er Sam vor viel größeren Feinden beschützte? Ging es beim Glauben denn nicht hauptsächlich darum, dass Gott in Zeiten der Not half? Wieso zeigte er sich dann jetzt so schwach? Wieso machte es ihm offenbar gar nichts aus, seine Schwäche zu zeigen? Es ging hier ja nicht einfach um einen Riss in einer ansonsten vollkommenen Rüstung. Er schämte sich nicht, vor Sam als Mensch dazustehen.

Dass er Gott war, das war offensichtlich; die Wunder, die er in Sams Inneren gewirkt hatte, hatten das mehr als einmal bestätigt. Doch während das innere Zeugnis leicht zu verstehen war, blieb ihm das, was da in Fleisch und Blut vor ihm stand, ein Rätsel. Er fand es schwierig, seine Meinung über das Geheimnis des leibhaftig vor ihm stehenden Gottes zu ändern.

War er davon beeindruckt oder beleidigt? Fand er es inspirierend, wie Gott sich in menschlicher Gestalt gab, oder nur irgendwie ärgerlich? Eigentlich eher das Erstere, aber die zweite Option beschäftigte ihn mehr.

So gut es ging, versuchte Sam seine Enttäuschung zu verbergen, indem er den Kopf in den Schrank steckte und entgegnete: »Klar, ich gebe dir meine Winterjacke.« Damit zog er seinen einzigen Wintermantel hervor. Er war alt und abgetragen. Im Lauf der Jahre hatte er sich seiner Figur angepasst und obwohl er schon fast auseinanderfiel, hatte Sam es noch nicht fertiggebracht, ihn durch einen neuen zu ersetzen. Er mochte die alte Jacke. Sie war bequem. Sie war vertraut.

Er reichte sie hinüber, vermied dabei aber den direkten Blickkontakt, denn irgendwie war ihm die Sache peinlich. Nicht wegen der Jacke. Wegen Gott. Das wurde allmählich wirklich komisch – oder etwa nicht? Hatte der Schöpfer des Universums es tatsächlich nötig, alte, abgeschabte Klamotten anzuziehen? Wenn er doch wusste, in welche Begrenzungen er sich begab, wieso zog er sich dann nicht seinen eigenen himmlischen Mantel über? Er musste doch gewusst haben, dass es kalt war. War Faulheit etwa eine weitere unerwünschte Eigenschaft, die hier ihr hässliches Haupt erhob?

Gott schlüpfte in die Jacke, sah kurz in den Spiegel und fragte: »Du hast nicht auch noch eine Mütze für mich, oder? Und ein Paar Handschuhe wäre auch nicht verkehrt.«

Wortlos reichte Sam ihm auch Mütze und Handschuhe und sah zu, wie Gott sich immer mehr als Sam verkleidete. Der wandte sich um und ließ sich von Sam begutachten.

Es war erstaunlich, wie schnell sein Äußeres sich in Sam verwandelt hatte. Das entlockte Sam die Bemerkung: »Wenn dich einer meiner Nachbarn sieht, denkt er, du wärest ich.«

Gott lachte nur. Schon in der Tür, fragte er: »Meinst du, sie glauben mir, wenn ich klarstelle, dass ich kein Mensch bin, sondern Gott?«

Sam stellte sich das verärgerte Gesicht von Veronica Singleton vor, falls es je zu diesem Gespräch kommen würde. Der Gedanke selbst allerdings machte ihm Spaß. »Probier es doch einfach mal aus. Wer weiß, vielleicht wollen sie ja auch Grammatikunterricht bekommen«, entgegnete er.

»Bin gleich wieder da«, sagte Gott, zog die Tür hinter sich zu, eilte die Treppen hinunter und hinaus in die kalte Welt.

Es war Sam ganz recht, jetzt auf Gottes Rückkehr zu warten, doch sein Magen begann allmählich zu knurren und so machte er sich auf die Suche nach einem kleinen Snack. Im Vorratsschrank fand er einen Rest Schokolade und überlegte nicht lange. In Sekundenschnelle war sie verschwunden, aber der Hunger blieb.

Er war zappelig. Es war komisch, so ganz ohne Gott in der Wohnung. Die intime Begegnung mit dem Allmächtigen hatte ihm einiges gezeigt. Zwar waren damit auch die Fragen über Gottes offensichtliche Schwächen gekommen, aber daneben gab es neue Offenbarungen über seine unvergleichlich verändernde Kraft. Eigentlich hatten sie nur eine relativ kurze Zeit miteinander verbracht, die aber sehr bedeutend gewesen war. Seine Seele hatte begonnen, sich an einer neuen Wärme zu freuen. Allerdings hatte Gottes Gegenwart nun seinen Mantel genommen und war damit auf die geschäftigen Straßen hinaus geflohen.

Der weggelaufene Gott hatte versprochen bald wiederzukommen und Sam nahm ihn beim Wort, weil er gar nicht anders konnte. Doch nach den neuesten Offenbarungen im Blick auf Gottes Begrenzungen – ja sogar Charakterschwächen – war er sich nicht sicher, ob Gott wirklich »gleich« zurückkommen würde ... was auch immer das überhaupt bedeuten mochte.

Gott wollte, dass er richtiges Essen kennenlernte. Er war davongeeilt und in die Welt hinaus, um mit dem Rest der Menschheit einen aussichtslosen Kampf gegen einen vertrauten Feind auszufechten. Aber er würde nur ein weiteres Opfer des grausamen Tyrannen König Winter werden, der alles in seinem Griff hatte. Da war Sam sich sicher. Die Jacke war sein einziger Schutz, aber das war nicht genug. Der Winter war brutal. Wenn seine Macht selbst durch die wärmsten Mäntel drang, wie viel mehr würde er seine alte, abgetragene Jacke durchdringen. Sam hatte keine Ahnung, wie weit es bis zur Bäckerei war, hoffentlich nicht allzu weit. Er hatte Hunger.

Irgendwie begriff er nicht ganz, wieso er sich so leer fühlte. Ein abwesender Gott war doch eigentlich nichts Neues. Er hatte sich an ein Leben ohne ihn gewöhnt, aber jetzt war es irgendwie anders. Jetzt hatte er eine zwar eigenartige, aber doch greifbare Beziehung zu ihm, er hatte ihn als nah und persönlich erlebt. Doch jetzt war er fort und Sam saß allein in seiner Wohnung. Aber die Verbindung zwischen ihnen bestand ja weiter – oder etwa nicht?

Halb lachte er über seine Zweifel. Natürlich bestand die Verbindung immer noch. Ja, überlegte er, Gott würde sich bestimmt beeilen und bald zurückkommen, wie er versprochen hatte. Er ging ins Wohnzimmer, streckte sich auf dem Sofa aus und versuchte sich abzuregen. Er konnte jede Minute wieder da sein. Jede Minute.

Nach einiger Zeit ging er ans Fenster. Wo blieb Gott bloß? Wie weit war es bis zu seiner gelobten Bäckerei? Er wünschte, es gäbe eine Möglichkeit, mit ihm Kontakt aufzunehmen. Wenn Gott sich schon so weit herabließ, dass er in menschlicher Gestalt in diese Welt kam, wieso konnte man dann nicht auch auf menschliche Weise mit ihm kommunizieren? War es zu viel verlangt, dass Gott ein Handy bei sich trug?

Sam setzte sich an den Tisch, denn mit dem Ruhen wurde es wohl nichts, und lauschte dem Knurren seines Magens. Hielt Gott sein Verhalten wirklich für entschuldbar? Wie konnte Gott so rücksichtslos sein? Das war doch wirklich schlechtes Benehmen. Warum hatte er nicht unverblümt zugegeben, dass er nicht wiederkommen würde? Stattdessen hatte er gesagt, er sei bald zurück. Sam war ja nicht anspruchsvoll. Er wäre mit einer schnellen, einfachen Mahlzeit aus der Mikrowelle zufrieden gewesen. Es war Gottes Vorschlag gewesen, für sie beide etwas Besseres zu holen, um ihn mal beim Wort zu nehmen. Sam blieb hungrig. Gott blieb fort.

~

Es dauerte etwas, bis er bei der deutschen Bäckerei ankam, aber als er das Vollkornbrot sah, wusste er, dass es sich gelohnt hatte. Aus Gründen, die nur er selbst kannte, beschloss Gott, nicht geradewegs zu Sams Wohnung zurückzugehen. Unterwegs ging er mal hier, mal dort in einen Laden, genoss den Small Talk mit den Verkäufern und kaufte in einem Schnapsladen sogar eine Flasche Wein, nur um den Laden betreten und noch ein bisschen mit dem Verkäufer reden zu können. Dennoch wusste er die ganze Zeit, wo er hinwollte, und deshalb ging er wieder weiter.

Einen Block weiter kam er an einem kleinen Buchladen vorbei und warf einen flüchtigen Blick durchs Schaufenster. Links, gleich hinter einer Reihe von Büchern, war der Ladentisch, und was er dort sah, ließ ihn die Augen aufreißen, gefolgt von einem frohen und zufriedenen Lächeln. Da drinnen war das, wonach er gesucht hatte.

Die Zeit war knapp, aber hier lohnte sich ein letzter kurzer Aufenthalt. Als er den Laden betrat, sah er, dass außer der Verkäuferin niemand da war. Er ging zur Theke. Die junge Frau war in ein Buch vertieft und merkte gar nicht, dass da ein Kunde vor ihr stand.

»Entschuldigen Sie bitte«, sagte er eher leise, als müsste er sie aus einem Traum wecken. Sie sah auf und sofort erschien ein warmes Lächeln auf ihrem blassen Gesicht. Er lächelte genauso warm zurück.

Sie klappte ihr Buch zu, strich sich eine lange blonde Strähne hinters Ohr und erhob sich. Natürlich hatte sie keine Ahnung, dass sie Gott selbst gegenüberstand. Für sie war er nur ein Typ, der ein Buch zum Lesen suchte.

»Tut mir leid«, sagte sie, als sie das Buch weglegte. »Ich habe am Montag eine Prüfung und muss noch lernen.«

»Kein Problem«, erwiderte er.

»Was kann ich für Sie tun? Suchen Sie etwas Bestimmtes?«

»Eigentlich«, entgegnete er eher zutraulich und beugte sich etwas vor, »hatte ich gehofft, ich könnte einen Kaffee haben, wenn das möglich ist.«

Dabei starrte er über ihre Schulter. Er konnte das tun, ohne unhöflich zu wirken, weil sie ein ganzes Stück kleiner war als er. Mit hochgezogenen Brauen drehte sie sich um und erkannte sofort, was den Mann vor ihr so fesselte.

»Eine *la Pavoni deluxe*! Die beste Espresso-Maschine, die es je gab«, sagte er ehrfürchtig.

»Ach, das Ding da?«, kicherte sie. »Mein Chef hat sie letztes Jahr gekauft und gehofft, er könnte damit mehr Kunden anlocken. James Bond hat anscheinend dieselbe. Deshalb hat er sie angeschafft. In einem Film hat er gesehen, wie Bond sich damit einen Espresso macht.«

Sie hielt sich die Hand vor den Mund, um ein weiteres Kichern zu unterdrücken. Als sie die Fassung wiedergewonnen hatte, bekannte sie: »Das Problem ist, dass niemand weiß, wie man die Maschine bedienen muss. Nicht mal mein Chef. Sie ist unglaublich kompliziert. Er hat es schon zwei Wochen nach dem Kauf aufgegeben. Sie ist wirklich nur noch zur Schau da.«

»Nur zur Schau?«, murmelte Gott und schüttelte den Kopf in ehrlicher Entrüstung. »Das darf ja nicht wahr sein! Das ist die beste Espresso-Maschine aller Zeiten. Sicher, sie sieht auch gut aus, aber es wäre doch eine Tragödie, wenn sie nicht ihrem eigentlichen Verwendungszweck dienen würde. Sie ist da, um die Menschen glücklich zu machen. Ich weiß das, denn ich habe zu Hause ganz genau die gleiche. Ich könnte es gar nicht ohne aushalten.«

An der Wand hing eine große Uhr und erinnerte ihn daran, dass Sam auf ihn wartete – aber er brauchte einfach noch ein bisschen Zeit.

»Ich sag Ihnen was. Wenn Sie mir einen Kaffee spendieren, zeige ich Ihnen, wie Sie mit diesem wunderbaren Teil einen fantastischen *Latte macchiato* machen können. Ich verspreche Ihnen, es wird eine himmlische Erfahrung. Einverstanden?«

Sie sah sich um. Kein Kunde in Sicht und sie konnte ohnehin eine Pause gebrauchen.

~

Sam hämmerte verärgert auf den Tisch. Es war eine bittere Pille. Er stand auf und ging noch einmal ans Fenster in der verzweifelten Hoffnung, Gott auf dem Weg zu ihm die Straße entlangrennen zu sehen. Wie so viele, denen er sein Herz geschenkt hatte, hatte auch Gott in ihm den Eindruck erweckt, er würde ihn nie verlassen, hatte erklärt, er sei bald zurück – nur um ihn dann doch feige zu versetzen. Er starrte zur Wohnungstür. Irgendwie stellte er sich vor, dies sei der optimale Moment für Gott zurückzukommen und zu beweisen, dass alle Zweifel unnötig gewesen waren. Jetzt konnte Gott zeigen, wer er war, wie treu er war. Doch Sam wartete vergeblich auf das Klopfen.

Erneut blätterte er die Kleinanzeigen durch. Die Enttäuschung brodelte in ihm und war kurz vorm Überkochen. In seinen Gedanken tobte es. So vieles an Gott passte einfach nicht zusammen. Wieso nahm er sich die Zeit, um ihn persönlich zu besuchen und ihm seine Grammatik beizubringen, aber nicht, um ihm einen Vollzeitjob zu verschaffen? Es waren jetzt immerhin sechs Monate. Was er brauchte, war Arbeit, kein Grammatikunterricht! Überstieg das etwa Gottes Fähigkeiten? Hielt er nicht alle Karten, alle Fäden in der Hand? Nun, nach allem, was Sam bis jetzt erlebt hatte, wohl nicht. Er fand ja anscheinend nicht einmal den Rückweg von der Bäckerei. Was für eine Enttäuschung!

Sein Magen knurrte schon wieder und veranlasste ihn, zurück in die Küche zu gehen und einen Aktionsplan zu entwickeln. Etwas aus der Mikrowelle, das wäre jetzt die Rettung. Was war eigentlich so verkehrt an Fertigmahlzeiten? Sicher, etwas Frisches wäre besser, aber es reichte doch nicht, einfach nur einen besseren Vorschlag zu machen. Gott musste ihn auch umsetzen. Das Versprechen klang gut, aber jetzt schien es ihm eher wie ein grausamer Scherz. Er hatte Gott beim Wort genommen. Aber jetzt, wo ihm die brutale Wirklichkeit dämmerte, war er allein. Sein Herz wünschte sich immer noch, dass Gott zurückkam; aber genau das machte den Schmerz des Verlassenseins nur noch größer.

Er schob sich den letzten Bissen rein. Es war eine absolute Enttäuschung gewesen. Seiner Meinung nach war es nur ein weiterer negativer Effekt davon, mit dem lebendigen Gott zu tun gehabt zu haben. Jetzt konnte er sich nicht einmal mehr an den gentechnischen Genüssen freuen, die die Welt ihm zu bieten hatte. Eine Mikrowellenmahlzeit hatte ihm immer eine gewisse Befriedigung verschafft, zumindest während des Essens, aber nun, wo sie als zweitklassig entlarvt war, war es nur noch Müll.

Wo war das echte Essen, das er ihm versprochen hatte? Solange es nicht da war, blieb ihm nur die Alternative zu verhungern oder zu essen, was da war. Doch das, was da war, erinnerte ihn nur an das neue Leben, das er beinahe erhalten hätte, ihm nun aber unter den Händen zerrann. Wie der Wind war es angeflattert gekommen, man hatte es gehört, gespürt, aber dann war es zu seinem Entsetzen wieder verschwunden.

Wieso war er so zornig und enttäuscht? Sollte eine geistliche Veränderung denn nicht länger anhalten können? Er schüttelte den Kopf, entsetzt darüber, wie schnell die negativen Empfindungen wieder die Kontrolle über sein Innenleben gewannen. Seine Flügel waren gestutzt. Er war auf dem Kampffeld der Enttäuschung gelandet, eine Zielscheibe der Desillusionierung und ein Opfer unerfüllter Hoffnungen. Und dennoch, selbst in der

Verzweiflung hielt da irgendetwas in ihm an der Hoffnung fest. Zwar schwach und zaghaft, aber es war da. Gegen alle Hoffnung hoffte er immer noch, Gott würde zurückkommen.

Die Zeit verrann. Er hatte die Forderungen des Magens gestillt, aber sein Herz verlangte noch immer nach mehr. Dem Körper hatte die Fälschung genügt, aber für das tiefere Verlangen reichte sie nicht. Es war das Sehnen der Seele, das gestillt werden musste. Er war so nah dran gewesen. Ach, warum war Gottes Nähe so schnell wieder entschwunden? Was hatte er falsch gemacht? War es sein Fehler? Schuldgefühle machten sich breit. Vielleicht lag der Fehler wirklich bei ihm. Vielleicht war Gott nur in seiner Fantasie mit ihm zufrieden gewesen. Womöglich war er völlig entsetzt über Sams grobe Mängel und seine moralischen Fehltritte. Aber dieser Gedanke machte ihn nur noch wütender.

Wie konnte Gott überhaupt von ihm erwarten anders zu leben? Er hatte doch nie etwas Böses gewollt. Nein, er hatte immer versucht, gut zu leben. Er war zwar nicht vollkommen, aber er war ganz in Ordnung, er war gut. Nun, zumindest hatte er versucht, ein guter Mensch zu sein. Sicher, es war ihm nicht immer gelungen, aber schließlich war er auch nur ein Mensch, und war es denn seine Schuld, wenn er versagte? Hatte Gott die Menschheit nicht so geschaffen – zum Versagen verdammt? Welcher Mann, welche Frau war denn in der Lage, völlig fehlerlos zu leben? Zu erwarten, dass irgendjemand diesen Maßstäben entsprach, war doch kein Gedanke, der Gottes würdig war. Wenn Gott wirklich allwissend war, dann musste er doch auch wissen, wie unmöglich eine solche Forderung war.

Sam wollte doch nur glücklich sein. War das zu viel verlangt? Zufrieden sein mit dem Leben und, wenn möglich, ein bisschen Hilfe von oben. Ein offenes Gespräch mit Gott wäre nett, aber wenn die Leitung schon gekappt werden musste, dann hätte er doch wenigstens in Sams Seele ein klein wenig Glück zurücklassen können. Wieso war Enttäuschung der einzige Dauerteilnehmer im Seminar des Lebens? Und dabei nicht nur Teilnehmer, sondern ein Zwischenrufer, der ihn ständig darauf hinwies, dass er ins Leere sprach. Niemand interessierte sich für seine Gedanken, für sein Leben oder seinen Wunsch nach Gemeinschaft. Die Enttäuschung saß auf dem Rücksitz, verfolgte ihn mit ihrer Gegenwart, die einzige Konstante in einem Leben voller verpasster Gelegenheiten.

Traurigkeit ergriff ihn und drohte ihn zu ersticken. Er kämpfte nicht dagegen an, sondern warf sich auf das Sofa in einem verzweifelten Versuch, den Schmerz zu meistern. Schlaf war meist ein willkommener Ausweg, aber es war sinnlos, selbst der Schlaf floh von ihm. Wieder einmal fühlte er sich machtlos und in der Falle. Er stand auf und schrie voller Wut Obszönitäten in die Luft – aber selbst die Luft ignorierte ihn!

Wie viele Gefängnisse gab es eigentlich? Warum lauerte im Leben eine Falle nach der anderen, warum konnte man aus dem einen Gefängnis ausbrechen, nur um in einem anderen zu landen? Er sank zurück auf die Couch, wie besiegt. Ein Gefühl der Betäubung schlug die Trommel, Traurigkeit spielte die Geige und nur ein Gedanke beherrschte seine Überlegungen:

Interessiert es Gott überhaupt, dass ich allein bin und leide?

~

Gott füllte den Filter mit der perfekten Menge Kaffee, drückte den Hebel nach oben und erhöhte so den Wasserdruck über dem gemahlenen Pulver. Dann zog er den Hebel langsam nach unten, sodass das Wasser durch den Kaffee rann und zu beiden Röhren des Auslaufs langsam ein dicker Espresso herauskam. In beiden Tassen bildete sich eine goldene Crema.

»Heute will jeder eine Espressomaschine, bei der er nur ein Knöpfchen drücken muss. Vollautomatisch. Es ist eine Tragödie! Sie wissen gar nicht, was ihnen dabei entgeht. Die manuelle Bedienung braucht zwar mehr Zeit, aber das ist doch eigentlich das Beste daran. Jeder ist darauf aus, so schnell wie möglich zum Ziel zu kommen, aber wenn es um einen guten Espresso geht, dann ist es wie im Leben selbst: Man muss erkennen, dass der Weg das Ziel ist. Die ganze Zubereitung ist wichtig.«

Sie lachte. »Sie sind wohl ein richtiger Kaffeeliebhaber, was?«

»Was sollte man nicht lieben?«, erwiderte er.

Dann schäumte er die Milch auf. Keine Blasen. Sie musste dick sein, aber nicht schaumig. Er goss die Milch in die beiden Tassen und schwenkte sie zum Schluss etwas mit der Hand, sodass auf jedem Kaffee ein Herz erschien.

»Wow, Sie machen sogar Kaffeekunst. Sind Sie etwa ein Barista?«

»Nein, nur ein Kaffeefreund. Aber ich bin Künstler, wenn Ihnen das hilft.«

»Tatsächlich? Das ist interessant. Was für ein Künstler?«

»Hm, ich bin eigentlich nicht spezialisiert. Ich schaffe lieber, wozu ich gerade Lust habe, und lasse mich treiben.«

»Verstehe«, sagte sie. »Sie haben zu Hause dieselbe Kaffeemaschine wie James Bond und sind absichtlich vage, was Ihren Beruf angeht. Ich glaube, ich habe Sie durchschaut.« Sie drehte sich um und versuchte so grimmig dreinzuschauen, wie es ihr möglich war: »Sie sind ein internationaler Geheimagent, stimmt's?«

Gott lächelte. Sie war näher an der Wahrheit, als sie ahnte.

Sie nahm wieder ihre normale Haltung ein und betrachtete seinen alten, abgetragenen Mantel. »Nun, geheimer Künstler, vielleicht sollten Sie Ihre künstlerische Ader mal an einem neuen Mantel ausprobieren. Ich will

Sie nicht beleidigen, aber ich denke, dieser hier ist so gut wie tot.«

Er lachte.

»Interessant, dass Sie das sagen. Ich arbeite im Moment tatsächlich an einem neuen.« Er nahm die beiden Kaffeetassen und erklärte: »Es ist aber nicht nur wichtig, die Zubereitung eines exquisiten Kaffees zu genießen. Auch für das Trinken sollte man sich genug Zeit nehmen, am besten in guter Gesellschaft.«

Er sah zum kleinen Tischchen neben der Theke hinüber und fragte mit einer Kopfbewegung in seine Richtung: »Wollen wir?«

Sie warf einen schnellen Blick in den Laden. Niemand da.

»Ja, warum nicht.«

Während er die Tassen balancierte, fiel ihr auf, dass er schon wieder zur Wanduhr sah.

»Aber haben Sie auch Zeit?«

Er hob eine Tasse unter seine Nase und schloss für einen kurzen Moment die Augen, um das Aroma auf sich wirken zu lassen. Als er sie wieder öffnete, lächelte er.

»Für Augenblicke wie diesen nehme ich mir immer Zeit.«

In Sams Hirn tobten die Gedanken und hämmerten an den Rändern seines Verstands. Sein Kopf war müde und sein Magen rebellierte, verlangte Genugtuung. Irgendjemand musste büßen für diese Qual. Im Hintergrund ertönten Sirenen und der Straßenlärm lullte ihn langsam ein. Die Luft bebte. Der Boden drehte sich. Seine Augen waren trocken und aus ihnen heraus strömte Traurigkeit in eine Welt, die doch sowieso schon in Trauer versank. Regungslos lag er auf der Couch.

Er vermisste seine Mauern. Die Mauern, aus denen Gott ihn befreit, die Mauern, die ihn beschützt hatten.

Konnte er zurück? Er hatte Höhen erlebt, von denen er nichts gewusst hatte, aber jetzt kam es ihm vor, als würde er herabstürzen, im freien Fall, und was würde passieren, wenn er auf dem Boden aufschlug? Der Gedanke war ernüchternd. Er fühlte sich beraubt. Wieso hatte Gott ihn hochgehoben, wenn er ihn doch wieder fallenließ?

Sein Unterbewusstsein zog ihn zurück zur Festung. War sie noch da? Gott hatte ihn an der Hand genommen und aus der Gefangenschaft herausgeführt. Damals hatte ihn das Licht so in seinen Bann gezogen, dass ihm gar nicht in den Sinn gekommen war, sich umzudrehen. Er hatte keine Ahnung, wie weit er sich entfernt hatte, aber es kam ihm vor wie Tausende von Kilometern. Er wusste, dass er dort nicht mehr wohnte. Die Gefühle, die er jetzt erlebte, hätte seine innere Festung nie gestattet. Er befand sich auf offenem Feld und war verletzlich. Sein Herz war weicher geworden; deshalb tat es jetzt so weh. Er hatte seine Seele geöffnet, um die Gottheit zu spüren.

Es war ein Risiko und der Einsatz war hoch. Er konnte dabei draufgehen, aber er konnte auch frei werden.

In seiner Festung waren solche Gefühle nicht zulässig – sie waren ein Sicherheitsrisiko, wie ein Volksaufstand, der im Keim erstickt werden musste. Ihr Auftrag war, Sam vor möglichem Schmerz und Verlust zu schützen. Der General achtete immer darauf, seinem Unterbewusstsein das klar zu machen und dabei seine eigentliche Absicht zu verbergen: die systematische Unterdrückung jeder Regung, die zu seiner Befreiung führen konnte. Der General herrschte durch Angst. Deshalb hatte er so unermüdlich daran gearbeitet, Sam abzulenken, damit er nicht die Quelle der Liebe entdeckte. Denn Liebe war die einzige Macht, die stärker war als Angst; ja, das einzige, wovor auch der General Angst hatte.

Der General. War er wirklich so schlecht? So gehässig? Hatte er Sam jemals verletzt? Vielleicht hatte er ja Recht. Vielleicht wusste er, dass Gott ihn letztlich doch enttäuschen und im Stich lassen würde. Nein. Sam spürte, wie ein kleiner Funke Wahrheit ihn noch immer festhalten wollte. Es war die Stimme des Generals gewesen, die ihm so perfide vorgeschlagen hatte, die Festung zu bauen. Es war der General gewesen, der voll Freude zugesehen hatte, wie er langsam die Mauern errichtete, die seine Seele versklaven sollten.

Wieso, so fragte er sich jetzt, hatte er überhaupt damit angefangen, diese inneren Mauern zu bauen? Mit dieser bohrenden Frage brach er den Friedensvertrag, den er mit sich selbst geschlossen hatte. Seine Pupillen weiteten sich. Etwas explodierte. In einem Augenblick kam die verlorengegangene Erinnerung von Jahren an die Oberfläche. Seine Gedanken erstarrten, während seine Seele schrie. Wie er sich schämte ... Sein Gedächtnis spulte zurück bis zu dem Punkt, als er sechs Jahre alt war, und an dem, so schien es ihm, seine Erinnerung einsetzte. Er hörte die Worte seiner Mutter, die verzweifelt nach einem Grund suchte, der ihren Mann zurückhalten könnte.

»Was ist mit Sam? Er ist dein Sohn. Du kannst ihn nicht verlassen!«

Egal, wie sehr er sich bemühte, er konnte die Antwort seines Vaters nicht vergessen.

»Ich habe Sam nie gewollt. Ich wollte nie Vater werden!«

Das waren die letzten Worte, die Sam von seinem Vater hörte; die einzigen Worte, an die er sich erinnern konnte. Er konnte sich nicht mehr an das Zuknallen der Tür erinnern, obwohl sie ganz sicher zuknallte. Auch an die Einzelheiten des Nervenzusammenbruchs seiner Mutter konnte er sich nicht erinnern, obwohl auch das verheerend war. Er wusste nur noch, wie dunkel es in seinem Zimmer gewesen war, und wie diese Dunkelheit ihn eingehüllt und er sich unter der Decke versteckt hatte, total verängstigt und nur noch fähig, sich die Seele aus dem Leib zu weinen.

Das war das letzte Mal gewesen, dass er geweint hatte.

Schwäche übermannte ihn. Die Erinnerung an die Ablehnung durch seinen Vater bohrte sich erneut in sein Herz. Er hatte sich prügeln lassen, aber es war nicht sein Fehler. Er hatte den Schmerz akzeptiert, aber er war nicht schuld. Die Kampfflieger nahmen ihn ins Visier, als wäre er ein Feind, aber wieso? Er war nicht schuld!

Er kam sich zerschmettert vor, verloren – und schlimmer noch, allein!

Gott, ich brauche dich! Wo bist du?

~

Ein Lächeln tiefster Zufriedenheit breitete sich auf Gottes Gesicht aus. Genüsslich bewegte er den Kopf hin und her, während seine Geschmacksknospen sich langsam im Tanze wiegten und noch etwas von dem herrlichen Kaffeegeschmack bewahren wollten, der allmählich nachließ. Auch sie hatte den Kaffee genossen und wollte ihm gerade ein Lob aussprechen. Doch er bedeutete ihr mit einer Handbewegung, noch ein paar kostbare Sekunden zu schweigen, damit er den Moment noch etwas genießen konnte. Ihr schien, als hätte er nichts anderes zu tun, als sich diesem wohligen, selbst herbeigeführten Vergnügen hinzugeben.

Ein Mann der Muße, dachte sie, überzeugt, dass er nichts zu tun hatte als herumzuwandern und seine Neugier und seine Wünsche zu befriedigen. Seltsamerweise schien er allerdings tatsächlich hin und wieder auf die Uhr zu schauen. Sie fand ihn interessant. Ein bisschen seltsam, ehrlich gesagt, aber kurios genug, um eine interessante Unterhaltung zu beginnen, zu der auch sie etwas beitragen konnte. Während der ausgiebigen Kaffeepause hatte er nicht nur über die Vorzüge eines guten Kaffees referiert, sondern auch einen eher fesselnden Dialog über seine Kunst in Gang gesetzt.

»Kunst ist für mich der eigentliche Sinn des Lebens. Ein Leben ohne den Wunsch, kreativ zu sein, ohne die Motivation, allein aus der Vorstellung heraus etwas zu erschaffen, ist überhaupt kein Leben.«

»Also, dann bin ich wohl eine lebende Leiche. In mir regt sich kein kreativer Funke«, erwiderte sie.

»Was? Das glaube ich nicht. Man muss nicht malen, schreiben oder komponieren, um Künstler zu sein. Das Leben ist Kunst und Sie leben, also sind Sie eine Künstlerin«, sagte er und warf ihr ein verschmitztes Lächeln zu. »Ihr ganzes Leben ist ein lebendiges Kunstwerk.«

»Na ja, wenn das Ihre Definition eines Künstlers ist, dann bin ich wohl einer. Auch wenn ich längst kein Picasso bin.«

»Wieso nicht? Das Potenzial zu einem echten Meisterwerk haben Sie.«

»Na, Sie sind ja optimistisch. Aber entschuldigen Sie, wenn ich da etwas skeptisch bin. Schließlich habe ich im Moment kaum etwas von meiner ›Kunst‹ vorzuweisen.«

Er nahm eine Serviette und wischte sich den letzten Kaffee aus den Mundwinkeln. Dann fuhr er fort: »Darüber würde ich mir keine Sorgen machen. Jedes Kunstwerk beginnt mit einer leeren Leinwand, einem Klumpen Ton oder einer Mischung von Stoffen und Farben. Das ist alles Rohmaterial und nicht schön anzusehen. Genau wie das Leben, oder nicht? Am Anfang ist da nicht viel zu sehen. Man hat nur die Grundbestandteile: Luft in den Lungen und einen Körper, der sich bewegt. Das mag sehr wenig scheinen, aber es ist wie bei den Rohmaterialien des Künstlers. Das Material, das man braucht, um ein Kunstwerk zu schaffen, ist nur der Anfang. Was in einem drin ist, das schafft die Kunst. Was in Ihnen ist, macht aus dem Rohmaterial etwas Besonders. Sie haben eine Vorstellung in Ihrem Kopf. Sie haben einen Wunsch im Herzen. Sie haben einen Traum in Ihrer Seele. Sie sind eine Künstlerin und ich habe das Gefühl, das Meisterwerk wird sich bald zeigen«, sagte er voller Zuversicht.

»Meisterwerk? Ehrlich gesagt habe ich das Gefühl, ich habe das Rohmaterial bereits versaut«, sagte sie und zuckte innerlich zusammen bei dem Gedanken an die jüngste Vergangenheit. »Wenn das Leben Kunst ist, dann bin ich ein miserabler Künstler. Mir scheint, ich mache nichts als Fehler.«

Er hob protestierend die Hände. »Aber Fehler sind die besten Freunde des Künstlers, haben Sie das nicht gewusst? Sie müssen nur aufhören, die Fehler als Feinde zu sehen, denn Ihre Fehler arbeiten für Sie, und wenn Sie das vielleicht heute noch nicht glauben, eines Tages werden Sie es merken.«

»Nun, ich habe erst vor Kurzem ein paar riesige Fehler gemacht. Ich habe die Chance verpasst – ein großes Kunstwerk zu schaffen, sozusagen.«

Gott schwieg einen Augenblick und sah sich um, als interessierten ihn die Bücher, damit sie ihre Fassung wiedergewinnen konnte. Dann sprach er weiter.

»Ich kenne mich ein bisschen aus mit Fehlern. Einmal hatte ich den Wunsch, eine Statue zu machen. Ein echtes Kunstwerk. Ich dachte, es würde etwas Klassisches. Ich wollte die Statue eines Menschen schaffen. Ich hatte eine große Vision und dachte, wenn sie fertig wäre, würde sie ein vollkommenes Kunstwerk sein. Aber wie sich zeigen sollte, wurde es ein komplettes Desaster.

Damals kam ich mir so vor wie Sie jetzt. Ich dachte an das Potenzial, aber es war verdorben, bevor es richtig erblühen konnte. Aber wissen Sie, ich gerate oft in Gespräche wie dieses. Dann versuche ich die Leute zu überzeugen, dass sie nicht wegen ihrer Fehler aufgeben sollen, und damals beschloss ich eben, meinen eigenen Rat zu befolgen. Ich nahm mir die Statue wieder vor, nahm sie auseinander, reinigte das Material und begann von vorn, so wie ich es ursprünglich vorgehabt hatte. Und raten Sie, was passierte. Der zweite Mensch kam genau so heraus, wie ich es mir immer vorgestellt hatte. Bis heute ist ›der zweite Mensch‹ mein größtes Kunstwerk, mein Meisterstück, und das alles wegen meines größten Fehlers. Im Rückblick war mein ›großer Fehler‹ mit dem ersten Menschen also kein Versagen, sondern ein nötiger Schritt in dem kreativen Prozess, all das ins Leben zu rufen, was ich schon immer im Herzen hatte.«

Während sie so dasaß und ihm zuhörte, wanderten ihre Gedanken wieder zurück zu ihrem letzten Fehler und sie verlor sich in der Erinnerung, während er weiterredete.

»Wir alle machen Fehler. Wir alle tun Dinge, die wir später bedauern, aber lassen Sie sich nicht durch einen Fehler davon abhalten, Ihrem Herzen zu folgen. Aus Ihren Fehlern lassen sich noch viele schöne Dinge machen. Da bin ich mir ganz sicher«, sagte er und erhob sich, um zu gehen. Bevor er sich verabschiedete, legte er ihr die Hand auf die Schulter und ohne den Mund zu öffnen, sprach er mitten in ihr Herz: *Hab keine Angst. Geh zurück zu ihm. Er wird sich wirklich freuen, dich zu sehen.*

Sie riss die Augen auf, lehnte sich etwas zurück und begann, eine Haarsträhne zu drehen.

»Alles in Ordnung?«, fragte er.

»Oh ja, tut mir leid«, kicherte sie und schüttelte erfreut und zugleich entsetzt den Kopf. »Mir ist gerade etwas eingefallen und das hat mich etwas überrascht. Das ist alles.«

»Ein guter Gedanke?«

»Hm. Ja, ich glaube schon.«

»Dann halten Sie daran fest. Gute Gedanken sind wie guter Kaffee, man muss sie genießen.«

Sie lachte wieder.

»Ich muss jetzt gehen«, sagte er. »Es war mir ein Vergnügen. Vielleicht sehen wir uns mal wieder.«

»Ja, vielleicht«, erwiderte sie und als sie merkte, dass er im Begriff war, sich umzudrehen, rief sie ihm noch etwas nach.

»Wissen Sie was, ich weiß gar nicht, wie Sie heißen.«

Er zog den Mantel zurecht, klappte den Kragen hoch und erwiderte in seinem besten Oxford-Englisch: »Mein Name ist Bond, James Bond.«

Sie rollte die Augen.

»Okay, internationaler Geheimagent, schon gut«, sagte sie und streckte ihm die Zunge heraus. »Wenn Sie mir Ihren Namen nicht sagen wollen, verrate ich Ihnen meinen auch nicht.«

»Brauchen Sie auch nicht, Ihren Namen weiß ich schon«, entgegnete er wie beiläufig.

Sie verschränkte die Arme vor der Brust und sah ihn verschmitzt an.

»Tun Sie nicht.«

»Doch, und ich kann es beweisen.«

»Na, dann los.«

Er lächelte, zeigte auf das Namensschild an ihrer Jacke, das sie ganz vergessen hatte, und sagte: »Ihr Name beginnt mit einem J.«

Warum nur musste seine Vergangenheit so schmutzig sein? Wieso diese Traurigkeit? All die verfehlten Jahre? Wieso wurde er am Ende immer gerade von den Menschen im Stich gelassen, die er liebte? War es das, was Liebe ausmachte – dass man verlassen wurde? War das Gottes Wesen? War er genauso wie die anderen, denen er sein Herz geöffnet hatte? Tat auch er nur so, als würde er Sam »lieben«, nur um ihm dann doch den Rücken zu kehren?

Und hatte er nicht überhaupt erst aus diesem Grund seine Mauern errichtet? Er war verletzt worden. Die Liebe hatte mit ihm gespielt, ihn verführt und dann ausgeraubt. Die Liebe kleidete sich in Unschuld, aber verhielt sich wie ein Betrüger. Wenn sie unschuldig sein sollte, dann hatte sie ihre Berufung verfehlt. Wenn sie ehrlich sein sollte, dann war sie total verdorben. Vielleicht stimmte das nicht wirklich, aber er hatte es so erfahren und etwas anderes kannte er nicht. Tief in seinem Herzen wünschte er sich, Liebe wäre mehr. Er hasste die Liebe, die ihn verließ; er wollte, dass die wahre Liebe ihm etwas anderes bewies.

Doch genug der Schwäche, dachte er, biss die Zähne zusammen und unterdrückte die Traurigkeit. Er hatte lange genug gewartet, jetzt wollte er nur noch weg. Wie weit musste er wohl zurück? Er wusste es nicht, aber sein Herz war bereit, sich wieder in Gefangenschaft zu begeben.

Kurz bevor die Hoffnung wieder zu Tiefschwarz verblichen war, brachte ein Klopfen an der Tür seine Welt zum Stillstand. Er konnte immer noch fliehen – er wollte es auch –, aber er blieb standhaft. Gott war nicht mehr in seiner Wohnung, aber immer noch so nahe, dass Sam seine Schritte hören konnte. Er klopfte ein zweites Mal.

»Sam? Bist du da?«

Was war das denn für ein Gott? Wusste er nicht, wo Sam war? Und waren ihm seine eigenen Mängel wohl genauso wenig bewusst? Meinte er, es sei okay, Sam einfach allein gegen die Dolche seiner Gedanken kämpfen zu lassen? Konnte die Tür, hinter der er jetzt stand, sie wirklich voneinander trennen? Dieser ehrwürdige Gott, der ihn gerade noch so beeindruckt hatte, widerte ihn plötzlich an.

Sein Magen knurrte schon wieder. Er hielt nichts von Sams Protest, sondern forderte ihn auf, den ersten Schritt zu tun und die Tür zu öffnen. Aber er tat es nicht. Sicher, Gott brachte Essen mit, aber hatte er jetzt noch Lust darauf, nachdem er so lange schweigend ausgeharrt hatte? Ein regelrechter Tornado tobte durch sein Herz. Angst und Hoffnung, die beiden Todfeinde, rissen ihn im selben Wirbel der Gefühle mit. Die Hoffnung wurde von der Angst attackiert, die Angst von der Hoffnung untergraben. Die Spannung zerriss ihn fast. Er glaubte an die Hoffnung, unterstützte die Angst und war von beidem erschöpft.

Gott hatte ihn heute Morgen überrascht. Sam hatte ihn nicht erwartet und ihn auch nicht um seine Gesellschaft gebeten. Er war einfach aufgetaucht und Sam hatte bei seinem Plan mitmachen müssen. Es schien, als sei das Treffen ohne Sams Zustimmung von langer Hand geplant gewesen, aber jetzt war es anders. Jetzt war er draußen und konnte – oder würde – nicht ohne Einladung eintreten.

Irgendwie ging es Sam auf die Nerven, dass Gott da vor der Türe wartete. Er war doch vorher auch hereingekommen, ohne anzuklopfen oder auf Erlaubnis zu warten. Und erst jetzt stellte er sich die Frage: Wie war Gott am Morgen überhaupt in die Wohnung gekommen? Und mehr noch, wenn er damals ohne anzuklopfen hereinkommen konnte, wieso klopfte er jetzt? Hatte er auf einmal etwas Manieren gelernt? Wollte er ein Gentleman sein oder war das Ganze nur ein Spiel? Sam seufzte. Er wollte nicht zornig werden. Er wollte nicht stolz sein. Er wollte nur seinen inneren Frieden. War das denn zu viel verlangt?

Er dachte wieder daran wegzurennen, aber was wäre damit gewonnen? Der lebendige Gott war in Reichweite, direkt vor der Wohnungstür. Es brauchte nur eine Bewegung und er hätte die Klinke gedrückt, aber was dann? Sam hatte keine Angst vor dem Gericht. Nein, das Problem war, Gottes offensichtliche Mängel zu akzeptieren. Denn er sollte doch perfekt sein, oder nicht? Dabei hatte er schon einige Unvollkommenheiten gezeigt. Er war zwar immer noch Gott, aber nicht vollkommen. Er hatte Fehler, Mängel, das war das Problem. Mit einem Kopfschütteln ging Sam zur Tür. Hoffnung reichte ihm ihre zerbrechliche Hand, als er die Klinke drückte.

Es war ein peinlicher Moment. Da stand Gott mit einer braunen Papiertüte, in der offenbar das gute Brot steckte und, wenn Sam sich nicht täuschte, sogar noch eine Flasche Rotwein.

Was denn nun? Auch noch Alkoholiker? Es war noch nicht einmal zwei Uhr nachmittags!

Gott eilte an ihm vorbei und stellte die Tüte auf den Küchentisch. Sam stand noch an der Tür. Seine Füße hatten keine Lust sich zu bewegen. Er wusste nicht, was er tun oder sagen sollte. Gott schien zu bemerken, dass Sam irgendwie abwesend war. Er ging zu Sam zurück, schloss nebenbei die Tür und sagte: »Rate mal, wen ich unterwegs noch getroffen habe.«

Rate mal? Ich soll mit dir Raten spielen?

Schweigend starrte Sam ihn an. Hatte er nichts anderes zu sagen? Hätte er sich nicht erst einmal für das lange Ausbleiben entschuldigen können? War ihm denn gar nicht bewusst, welche Ängste Sam ausgestanden hatte? Er zog Mütze und Handschuhe aus, die er sich vorhin ausgeliehen hatte, und legte sie auf den Beistelltisch. Dann drehte er sich, noch immer in Sams Jacke, um und fragte: »Alles in Ordnung?«

Sams Welt war im Widerstreit. Seine Augen glühten, während seine Seele sich zurückzog. Er wollte doch nur glücklich sein. Er wollte doch nur Frieden haben, aber nun begann der Kampf schon wieder. War das nicht der typische Kreislauf in einer langen Geschichte innerer Qual? Wie oft schon hatte er Frieden gesucht, um Hoffnung gerungen, war den Verlockungen der Liebe verfallen, nur um dann zu entdecken, dass sie eine Lüge war, als Wahrheit verkleidet, verschleiert, um ihr böses Wesen zu verstecken. In Sekunden, die zu Ewigkeiten wurden, beobachtete er, wie ein Leben voller Einsamkeit und Enttäuschung nach Entschädigung verlangte.

Ein Wasserfall wirrer Gedanken und Fragen ergoss sich in seinen Verstand. Auf so vieles wollte er eine Antwort. Wieso zum Beispiel ließ Gott es zu, dass Menschen seinen Namen missbrauchten und sich auf ihn beriefen, wenn sie ganze Reiche der Sklaverei aufbauten. Warum ließ er das so lange zu, obwohl er genau wusste, dass das die Herzen und das Leben der Menschen, die er doch liebte, kaputt machte? Was war mit denen, die sowohl Gott als auch Menschen hassten, die sich weder um die Ethik des Himmels noch um die Gesetze der Gesellschaft kümmerten? Die nur nach Gelegenheiten suchten zu töten, zu stehlen und umzubringen? Wenn er absichtlich zuließ, dass all diese Bosheiten stattfanden, welche Hoffnung bestand dann noch, sich unter seiner Fürsorge sicher zu fühlen?

Er erinnerte sich an die vielen Male, in denen sein Herz schon verletzt worden war. Es gab in dieser Welt so viele Tragödien, so viele Wunden, die nach Heilung verlangten. Vergessene, stechende Erinnerungen drängten wieder an die Oberfläche, eine nach der anderen, und verlangten Wiedergutmachung: *Warum hat Gott dich nicht beschützt? Wieso kann er nicht alle beschützen?*

Sam war durch so viele schlimme Jahre gezerrt worden. Er hatte so viel verloren. Die Freude war ein verspielter Freund gewesen, ein Schatz, der für ihn tanzte, aber wo war sie jetzt? Wieso hatte sie ihn verlassen wie ein Dieb in der Nacht? Wieso stoppte Gott das nicht alles?

Diese Fragen, zweifellos echt, verstörten ihn. Er wollte sich vor ihnen verstecken, aber sie umgaben ihn und verlangten Antwort. Erneut versuchte er, sie beiseite zu wischen, aber sie waren mehr als nur ein Stäubchen. Sie formierten sich zu einem Sturm, der so dicht war, dass er den Raum auszufüllen begann. Die Luft war schwer, sein Atem ging kurz, die Aufgabe war unmöglich. Wie konnte er den einfachen Gott seiner Kindheit in Einklang bringen mit einem, der zurücktrat und lediglich zusah, wie das Leben seine Tragödien spielte? Der behauptete zu lieben, aber nicht beschützen konnte?

Dass es diese Gottheiten, die er sich fälschlicherweise vorgestellt hatte, überhaupt nicht gab, konnte er ja begründen. Er konnte akzeptieren, dass diese zornigen Götter sich nicht zu einem moralisch schwachen Menschen setzen würden. Aber das war nicht das Problem. Sein Problem war der richtige Gott. Er hatte den Gott seiner Kindheit wieder kennengelernt. Wieso hatte er, dieser echte Gott, ihn im Stich gelassen? Wieso hatte er ihn ignoriert und zurückgewiesen, als er ihn am meisten brauchte?

Er bemühte sich die Fragen niederzuringen und stattdessen eine Antwort zu erhalten, die seine Wissbegier befriedigen und seinen Zorn besänftigen konnte. Er wurde ruhig und versuchte die Inquisitoren in seinem Inneren zu ignorieren. War es zu spät, um doch noch Gewissheit zu erlangen? Konnte er die Fragen, die in ihm waren, töten? Er spürte eine schwere Last auf seinen Schultern.

Aber die Fragen erklangen immer lauter und lauter. Schließlich war es Gott, der sich ihnen stellte. Er verstand Sams Enttäuschung und Zweifel und machte ihm dafür keine Vorwürfe. Ihm lag vielmehr daran, dass Sam sich selbst gegenüber ehrlich wurde und sich den Fragen stellte. Er wollte, dass er die Wahrheit suchte, und wollte ihn zu den Antworten führen, die ihn frei machen konnten. Gott wusste ja, dass sein Name millionenfach missbraucht worden war, bis er nicht mehr für die Liebe stand. Stattdessen brachte man ihn mehr mit Schuldgefühlen und Verachtung in Zusammenhang – mit tödlichen Eigenschaften, die hervorragend geeignet waren, den Geist derer zu unterdrücken, die er so gern befreien wollte.

Er wollte Sam in den weiten Raum von Freiheit, Liebe und Verstehen führen. Sam brauchte keine von Angst diktierten Mauern, sondern einen sicheren, aber grenzenlosen Ort. Doch zunächst musste er erkennen, wie sehr Gott ihn liebte. Sonst würde er immer fliehen, immer zweifeln. Aber wenn er die Tiefe dieser Liebe erkennen könnte, dann würde es funktionieren – es musste.

Genau das hatte Gott dazu bewegt, zu Sam zu kommen. Sam wusste, wie es enden würde, und nur das gab ihm die Kraft weiterzumachen, aber das änderte nichts an der Tatsache, dass ihm angesichts der Situation fast das Herz brach.

Die Momente. Es gab diese Momente, in denen es einfach wehtat.

»Du kannst mich ruhig fragen«, sagte Gott, dem bewusst war, was in Sams Gedanken vorging. Er wusste es. Er wusste alles.

Sams Herz zerbrach. Er hasste diese ganze Situation. Was sollte bei dieser Diskussion schon herauskommen? Er wollte auf niemand mit dem Finger zeigen, aber er musste fragen: War Gott schuld? Irgendjemand musste ja der Schuldige sein und angesichts der Tatsache, dass er ein normaler Sterblicher war, ein zerbrochener Krug in einer zerbrechlichen Welt, wie sollte er schuld sein? Er wollte den Mund halten und sich zurückziehen. Er wollte lügen und so tun, als wäre alles in Ordnung, aber er brachte es nicht fertig. Er fühlte sich gedrängt ehrlich zu sein. Er brauchte Antworten. Und vor allem wollte er wissen, ob Gott ihm die Wahrheit sagen würde.

Er mühte sich, die richtigen Worte zu finden, denn wie kann man Gott fragen, und zwar direkt ins Gesicht, warum er so eine Riesenenttäuschung ist? Wieso war der Gott, der das Universum geschaffen hatte, nicht in der Lage, bei den kleinsten Tragödien einzugreifen? Wieso war es ihm nicht wichtig, die Menschen, die er angeblich liebte, vor den größten Unglücken zu bewahren? Er schien zu lieben, aber brauchte die Welt wirklich einen liebenden Gott? Wollte die Menschheit nicht lieber einen autoritären Gott der Tat und der Rache? War nicht genau das vonnöten, um der Gewalt endlich ein Ende zu setzen? Solch ein Gott würde den Opfern etwas nützen und die Übeltäter würden angemessen bestraft.

Doch dieses Szenario stellte Sam vor ein unvorhergesehenes Dilemma: War er selbst nicht ebenso Täter wie Opfer? Gewiss, er war verletzt worden. Aber hatte er nicht auch selbst verletzt? Man hatte sich an ihm vergangen. Aber was war mit den Fehlern, die er begangen hatte? Wenn Gott so autoritär wäre, wie er es sich als Opfer wünschte, wollte er dann, dass derselbe Gott an ihm Gerechtigkeit übte, wenn er der Bösewicht war?

Was war besser? Ein Gott der Liebe? Wenn er wirklich Liebe war, würde er dann nicht gerade deshalb alle Menschen lieben – die Opfer und die Bösewichte? Das wäre seine größte Stärke und seine größte Schwäche zugleich, denn es würde ihm ermöglichen, alle Menschen in seine Liebe zu ziehen und ihnen ihre Fehler zu vergeben. Aber es würde ihm die Macht nehmen, die Taten der Schuldigen zu richten. Wie konnte es Gerechtigkeit geben ohne Gericht? Ein Gott der Liebe konnte nicht

Partei ergreifen und selbst wenn, dann musste er immer noch alle lieben.

Die Menschheit dagegen operierte mit dem Gedanken der Dualität. Wer Verbündete hatte, musste auch Feinde haben. Die Liebe brauchte als Gegengewicht den Hass. Ohne Vergeltung hatte Gnade keinen Sinn. In der menschlichen Vorstellung einer gerechten Welt konnten nicht alle geliebt werden, nicht alle Freunde sein, nicht alle begnadigt werden. Was aber war dann Gottes Vorstellung von Gerechtigkeit? Wenn er mit anderen Prinzipien arbeitete als der Mensch, wie sahen die dann aus?

Gott beobachtete Sam voller Liebe. Er konnte erkennen, dass sich etwas verändert hatte. Vertrauen hing am seidenen Faden und die Gewissheit kam ins Stolpern. Er wollte es erklären – mit Worten konnte er gut umgehen –, aber er wusste, dass Worte nicht reichen würden. Sam brauchte weit mehr als Logik, denn welche Theorie konnte schon die berechtigten Fragen, die seine Gedanken quälten und seine Seele aussaugten, entwirren und klären?

»Ich weiß noch, wie viel Spaß wir miteinander hatten, als du klein warst«, sagte er. »Kannst du dich noch daran erinnern?«

Sam hob die Augenbrauen. Er war sich nicht sicher, was Gott meinte, deshalb sagte er nichts. Wie sollte er auch? Er versuchte sich zu erinnern, aber es war alles so verschwommen. Er wusste noch, dass er oft mit Gott geredet hatte, aber hatte der auch geantwortet? Er hatte immer das Gefühl gehabt, Gott hätte ihn gern, aber warum, das wusste er nicht mehr. Und er konnte sich auch erinnern, dass ihr Verhältnis total unkompliziert gewesen war, aber wie es funktioniert hatte, wusste er nicht mehr.

Anstatt zu antworten, ging er zum Küchenfenster und starrte nach draußen. Die Leute auf dem Bürgersteig kämpften immer noch gegen ihren Feind, den Winter. Es schien ziemlich kalt zu sein. Und nun begann er auch in sich selbst die Kälte zu spüren. Ein Karneval unerwünschter Emotionen rauschte um ihn herum, drängte sich in seine Privatsphäre und lenkte seine Aufmerksamkeit ab. In seinen Gedanken rasten die Worte gefährlich durcheinander, während seine Zunge wie blockiert schien. Schließlich presste er ein paar Zeilen heraus.

»Ja, ich weiß noch, dass du da warst, aber nicht mehr, wann du gegangen bist. Ich weiß noch, wie ich gehofft habe, du würdest zurückkommen. Aber du kamst nie. Ich habe das Joch des Glaubens nicht abgeschüttelt, weil ich es verachtet habe, sondern weil es ohne dich zu schwer zu tragen war – ohne dich war es sinnlos.«

Gott schwieg und ließ Sam Raum, um seine Gefühle auszudrücken.

»In meinem Leben ist so viel Schmerzhaftes passiert. Du kennst die Scham und das Kaputte in meiner Vergangenheit. Du kennst die verloren gegangenen Beziehungen. Die Enttäuschungen. Du kennst das alles, weil du Gott bist. Aber meine Frage lautet: Warum? Warum hast du zugelassen, dass das alles passiert ist? Warum hast du erlaubt, dass ich zurückgewiesen und vaterlos wurde?«

Er redete weiter. Die Worte in seinen Gedanken kamen in Schwung und purzelten nur so heraus: »Und weißt du, letztlich geht es nicht nur um mich. Was ist mit dem Rest der Welt? Wieso lässt du all das Unglück zu? Den Schmerz, die Gewalt und Brutalität? Wieso all die Armut und Krankheit? Das Leid, Gott? Wieso erlaubst du so viel Ungerechtigkeit?« Er zog schon einmal den Kopf ein, aber gleichzeitig fragte er sich auch, ob Gott ein solches Arsenal von Fangfragen wohl beantworten konnte.

Gott wusste, dass die Welt tatsächlich kaputt war, wie Sam gerade betont hatte. Aber auch wenn Sam das nicht richtig ausdrücken konnte, er wollte wirklich wissen, warum Gott es zuließ, dass diese bösen Tricks korrupter Menschen so erfolgreich waren. Ging es so nicht seit Beginn der Zivilisation? Bei Kriegen ging es nur selten um Freiheit, sondern fast immer nur um die Beute. Hatte sich daran etwas geändert? Hatten die Herrscher der Vorzeit ihre Absichten nicht mit dem Begriff des Guten bemäntelt, nur um die Früchte des Bösen hervorzubringen? Und was war mit den Massen? Was war mit Sam? War Gott es denn egal, dass auch er ein Opfer ihrer Heuchelei war, zum Lügen verführt?

Sam sehnte sich nach einem Ausweg, aber wo war der Weg? Er wollte die Lügen abwehren, aber wo war die Wahrheit? Er war die große Tragödie leid: Eine Seele, die zwar existierte, aber nie richtig lebte. *Aber wo*, schrie seine Seele verzweifelt, *ist das Leben*?

Gott wusste nur zu gut um das Problem der Manipulation. Genau deshalb war er ja gekommen. Er wollte Sam aus der Kontrolle systematischer Propaganda und erzwungener Täuschung herausholen und ihn davon befreien, die Vorstellung des Guten zu essen und dabei den Samen des Bösen zu schlucken. Er wollte, dass Sam den Weg fand, aber der Weg war kein Handbuch, das er ihm geben konnte. Denn alles, was er niederschrieb, das wusste er, wurde nur verdreht und gegen das Streben nach Freiheit eingesetzt. Nein, eine geschriebene Anleitung nutzte nichts. Die Wegbeschreibung könnte nie in schriftlicher Form erfolgen. Es würde nur gelingen, wenn sie in einer Form gegeben wurde, die kein Mensch vereinnahmen und für seine selbstsüchtigen Zwecke missbrauchen konnte. Sie musste allen zur Verfügung stehen, aber in einem Format, das nur von denen begriffen wurde, die sich wirklich nach Freiheit sehnten und nur nach Freiheit. Denn auch wenn im versammelten Verstand der Menschheit die Manipulation zuvorderst saß, sehnte sich doch jeder Einzelne nach Freiheit.

Gott war die Menschheitsgeschichte nicht unbekannt. Er hatte jeden Tag erlebt, jeden Schrei gehört, jede Hoffnung geteilt, jede Geburt beobachtet und jeden Verlust beweint. Er hatte miterlebt, wie sich jede Generation wirklich von ganzem Herzen nach dem Guten sehnte und dann doch wie zwanghaft das Böse unterstützte. Er sah die Hingabe in den Augen von Freunden und den Hass in den Augen von Feinden. Und diese Augen gehörten denselben Menschen – jedem Menschen. Er sah die Hoffnung auf eine freie Menschheit und er sah den Verlust der Freiheit. Jede Generation strebte nach der Wahrheit und jede fiel auf die Lüge herein. Er sah, wie jedes Kind ihn liebte, nur um dann unter einer schrägen Indoktrination oder unter einer Unmenge falscher Informationen und kaputter Lügen zu leiden – fabrizierten Wahrheiten, die ihre jungen Herzen zu Stein schlugen und ihr erwachsenes Denken zu loderndem Hass entfachten.

Er machte den Menschen keinen Vorwurf, er liebte sie. Sie brauchten keine Strafe, sondern Erlösung. Erlösung von jeder Macht, die der Freiheit widerstand. Jeder Mensch hatte die gleiche Geschichte: Sie alle mussten gerettet werden vom Missbrauch durch Kontrolle, Täuschung und Manipulation. Jeder brauchte eine größere Macht, die ihm half, die Mächte der Korruption zu überwinden, damit er in dem ersehnten Licht endloser Liebe gehen konnte. Ein solches Werk erforderte mehr als Worte. Mehr als einen Aufstand.

Sam wartete auf Antwort. Gott saß am Küchentisch und sagte nichts. Wieso schwieg Gott noch immer? Wollte er nicht zugeben, dass er versagt hatte? Vielleicht war er mit einem Eid der Wahrheit verpflichtet und wenn er nicht lügen durfte, war Schweigen der einzige Ausweg.

Offensichtlich weigerte sich Gott, eine Antwort zu geben, wieso er Sam nicht beschützt hatte. Also gab sich

Sam selbst Antwort: *Weil ich für dich wertlos bin, Gott, deshalb!* Der Gedanke machte ihn wütend und er wurde aktiv. Der Richter in seinem Denken nahm Platz. Gott war es, der vor Gericht gezogen werden musste, nicht Sam. Der Allmächtige hatte sich für sein Verhalten zu verteidigen. Es war beschlossen. Sam reichte Klage ein.

Gott hatte gewusst, dass dieser Moment kommen würde. Er kam immer. Er hatte sich daran gewöhnt, im Gerichtssaal der menschlichen Gedanken zu sitzen und vor den Richter gezerrt zu werden. Er wusste, wie es sich anfühlte, für Verbrechen angeklagt zu werden, die er nie begangen hatte. Die Mehrheit der Menschheit hatte ihn verurteilt, seit Anbeginn der Zeit. Täglich wurde er dafür angeklagt, entsetzliche Verbrechen angezettelt zu haben und der Komplize unzähliger böser Taten zu sein; seine Schöpfung hatte ihn schon öfter verurteilt, als er zählen konnte.

Er wehrte sich nie gegen die Ankläger, weil er wusste, es würde das Feuer der Entrüstung, die sie gegen ihn hegten, nur weiter anstacheln. Stattdessen versuchte er ihre Herzen mit Liebe, Geduld und Freundlichkeit zu gewinnen.

Sein Schweigen frustrierte die, die über ihn zu Gericht saßen. Aber er wusste, wenn er etwas sagte, würden seine Worte nur aus dem Zusammenhang gerissen und gegen ihn verwendet. Jedes Mal, wenn er einen Prozess über sich ergehen ließ, wurde der Anklage gegen ihn stattgegeben.

Nicht, weil er schuldig war, sondern weil er seine Ankläger mehr liebte als seinen eigenen Ruf. Er wollte sie nicht verlieren, nicht einen einzigen von ihnen. Verteidigende Worte aus seinem Mund würden sie nur weiter von ihm fort treiben, wo er doch genau das Gegenteil wollte. Er wollte sie alle zu sich ziehen, aber das würde nicht durch einfaches Reden geschehen. Das brauchte mehr als nur Worte.

Dieser Moment tat jedes Mal weh. Nicht weil er wusste, dass er missverstanden wurde, sondern weil er wusste, dass Sam, der jetzt gerade über ihn Gericht hielt, das Ergebnis nicht mögen würde. Er sah bereits den Weg vor sich und wusste, dass Sam sich schon darauf vorbereitete, seine Stimme gegen ihn zu erheben und dann davonzurennen. Das Schweigen, das zwischen ihnen stand, war nicht mehr das eines gemeinsamen Einverständnisses. Es war geladen, frustrierend für Sam und quälend für Gott.

Sam versuchte, Gottes Gedanken auf seiner eigenen Leinwand zu malen. Was hatte er vor? Worüber dachte er hinter seinem Schirm des Schweigens nach? Welche Verteidigung überlegte er sich? Sam stellte Theorien über mögliche Antworten auf und versuchte, sich mit den besten Gegenargumenten zu wappnen. Vielleicht bereitete Gott sich darauf vor, die Fragen an ihn zurückzugeben und ihm die Schuld zuzuschieben. Würde er das wirklich tun? Der Gedanke nahm Gestalt an und beschleunigte auf der Rennbahn seiner Argumentation. Ja, natürlich, das hatte er vor. Welch ein gemeiner Schachzug! Sam war wirklich empört. Wie konnte Gott das tun? Wie konnte er so selbstgefällig dasitzen und Sam an allem die Schuld geben? Es war doch nicht sein Fehler! Gott war schuld!

Den vermeintlichen Fehdehandschuh in der Hand, zementierte er seine eigenen Vorstellungen davon, was Gott dachte. Und je mehr er darüber nachdachte, desto wütender wurde er. Wie konnte Gott das einfach aussitzen, ja den Spieß umdrehen wollen? Wie konnte er ihn für den Schuldigen halten? Die Gedanken rasten in seinem Kopf. Er war wütend. Wie konnte Gott ihn so zu Unrecht anklagen?

In der Zwischenzeit saß Gott weiterhin still da. Ihm brach das Herz. Er wollte so gern, dass Sam begriff, dass er ihn liebte, aber er wusste, er konnte es nicht, noch nicht. Sam hatte seine Zuneigung und Nähe erlebt, aber die Tiefe seiner Liebe hatte er noch nicht erfahren. Das war das Eine, was er noch erleben musste; bis dahin würde er im Kreis gehen und immer wieder hierher zurückkehren. Seine Ungewissheit über Gottes wahre Absichten würde immer wieder vor Gericht gehen.

Er saß schweigend da, während Sam seine eigene Version der Ereignisse weiter ausbaute. Er wusste, dass Sams Wut auf ihn von dem Vorwurf herrührte, dass der Gott der Liebe ein Versager war, denn er konnte nicht Gerechtigkeit walten lassen und trotzdem alle annehmen. Gott wusste auch, wie er diesen Unglauben beheben konnte, aber er wusste genauso gut, dass Reden dafür nicht ausreichte. So einfach war es nicht.

Im Moment war die Welt voller Leid und Schmerz – hervorgerufen durch die Hand und das Denken von Menschen, die so gern ein Leben in Liebe führen wollten, sich aber bestürzt dabei ertappten, wie sie die Herzen und Seelen anderer verwundeten. Gottes Liebe für die Opfer war dieselbe Liebe, die er für sie hatte, wenn sie zu Tätern geworden waren. Denn er wusste ja, dass keine Hoffnung bestand, diesen tragischen Kreis zu durchbrechen, solange es nicht zu einer Erkenntnis der Liebe kam. Hoffnung fand sich nicht, wenn man einen kaputten Lebenskreislauf einfach nur ausbesserte, sondern eher durch die Schaffung einer völlig neuen Art von Leben.

Er wollte den Opfern Recht verschaffen und die Schuldigen gerecht machen. Er wollte nicht, dass jemand litt, aber die Gerechtigkeit verlangte danach. Es war Gottes Liebe, die dafür sorgte, dass alle heil wurden, die Opfer und die Täter, und dass alles neu werden konnte. Sam konnte sich weder vorstellen, wie das aussehen sollte, noch konnte er sich so etwas einreden lassen. Nein, er musste es selbst erleben.

Sams Gedanken brachten weiter gemeine und unfaire Vorwürfe hervor. Er wurde immer hektischer. Schließlich konnte er die Anklage, die sein Verstand aufgebaut hatte, nicht mehr für sich behalten. Er schlug um sich, angewidert von dem, was er für Gottes Gedanken und Gefühle hielt.

»Ich kann nicht glauben, dass du mir die Schuld gibst!«

Schockiert sah Gott ihn an. Wann hatte er gesagt, es sei Sams Fehler gewesen? Aber Sam war inzwischen unaufhaltsam auf dem Weg bergab. Es gab kein Anhalten, keine Umkehr mehr. Er hatte das Gespräch in seinen Gedanken bereits durchgespielt und raste nun auf das Schlusswort zu: »Ich bin nie irgendwohin gegangen! Du bist es, der gegangen ist, nicht ich«, bellte er, während der Raum unter Hitze des Gefechts zu ächzen schien. Seine Gedanken glühten, explodierten.

Gott nahm das Urteil an. Er ließ Sam die Strafe verhängen und weiter toben und noch mehr wilde Anschuldigungen ausstoßen.

»Sag mir«, verlangte Sam, »warum die Tragödien? Wieso der Schmerz? Haben sie ihren Zweck erreicht? Haben sie mich zu dir zurückgebracht? War das alles nur ein übles Spiel, um mich innerlich zu zerbrechen, damit ich zu dir zurückgekrochen komme?« Wütend wandte er sich ab.

Gott weinte. Es tat ihm so weh, dass er es nicht mehr aushalten konnte. Sam offenbarte sein Innerstes, seine Gefühle in all ihrer Tiefe. Er zeigte die Bitterkeit, die er empfand, denn im Grunde seines Herzens glaubte er immer noch, dass Gott gegen ihn vorging, um ihn zur Unterordnung zu zwingen. Dieser falsche Glaube zerriss Gott das Herz, denn er hatte nie eine Tragödie in Sams Leben dazu benutzt, um ihn zurückzuholen. Er hatte nie einen Schmerz in seinem Leben verursacht, um ihm etwas beizubringen oder ihn zur Rückkehr zu zwingen.

Sam schwatzte zusammenhangslos weiter, schon bereit wegzulaufen. Warum auch sollte er bleiben? Er hatte Gottes wahre Absichten erkannt. Wie konnte Gott ihm die Schuld zuschieben? Schließlich war er nicht allmächtig. Er war begrenzt in seinem Verständnis, eine begrenzte, zerbrechliche Hülle. Er war es, der Liebe brauchte, aber die Liebe hatte ihn im Stich gelassen. Wie Gott.

Er hörte Gott hinter sich weinen und schüttelte den Kopf. Das machte ihn nur noch wütender. Er konnte sich noch erinnern, wie er selbst das letzte Mal geweint hatte. Die Dunkelheit. Der Schmerz. Er hasste jenen Tag – und er hasste diesen Moment, denn der tat noch mehr weh. Mit dem Rücken zu Gott schrie er: »Ich brauche keinen Gott, der weint. Ich brauche einen starken Gott, aber das bist du ja nicht, wie ich gesehen habe!«

Sein Zorn ließ etwas nach und er konnte mit ruhiger Bestimmtheit weiterreden: »Du bist schwach. Was für eine traurige Erkenntnis. Der Gott des Universums ist schwach. Du redest von deiner ›endlosen Liebe‹, aber das ist eine Lüge und sie schmerzt umso mehr, weil du Liebe versprochen hast. Noch ein Verlust auf meiner Liste. Alles, was ich bis jetzt von der Liebe weiß, ist, dass sie sich von mir trennt. Weißt du, wie sich das anfühlt? Weißt du überhaupt, wie sich etwas anfühlt? Du sagst, die Liebe dauert ewig, aber das stimmt nicht. Du hast überhaupt keine Ahnung von Liebe. Du redest über diese tolle Idee, diese gute Nachricht, über die man sich freuen soll, aber sie ist nur Betrug. Es gibt keine gute Nachricht. Es gibt keine endlose Liebe. Wach auf. Die Liebe hat versagt – und du bist ein Lügner.«

Mit diesen Worten war sein Weg mit Gott zu Ende. Eine Kerze der Neugier hatte ihn auf den gemeinsamen Weg des Glaubens gelockt; ein Feuerball der Entrüstung hatte jetzt ihre Pfade gesprengt.

Lauf, Sam, lauf!

Dieses Mal zögerte er nicht. Sein Herz lag im Sterben, seine Seele war ein Wrack. Gott beobachtete, wie er sich der Stimme der Vernunft beugte und sich wieder einmal in seine innere Welt zurückzog. Dieses Mal, das wusste Gott, würde er nicht zurückkommen. Sam rannte. In seiner zerbrochenen Seele rannte er Tausende von Meilen. Er rannte, bis ihm die Füße bluteten, zurück an den einzigen Ort, der ihn vor dem Meer der Traurigkeit schützen konnte. Verzweifelt sah Gott ihm zu.

Sam war fort – endgültig.

~

Was für eine Tragödie, was für eine Verschwendung. Er marschierte durch den Sand, die Vernunft schleppte sich mühsam durch die verdorrte Wüste seiner Seele; die Hoffnung hatte er begraben zurückgelassen. Seine Gedanken wanderten zurück zu seiner ersten Begegnung mit Gott an diesem Morgen. Er war gerade dabei gewesen, alles aufzugeben. Oh ja, das Timing schien perfekt, aber was hatte es genutzt? Was hatte sich geändert?

Aasgeier kreisten über ihm. Sie kannten diesen Weg nur allzu gut. Sie freuten sich, dass er auf dem Weg in die Freiheit die falsche Richtung eingeschlagen hatte. Er richtete den Blick zum Himmel und brüllte seine Enttäuschung heraus. Traurigkeit erfüllte ihn. Zorn ließ ihn erbeben. Zerstörungswut erfasste ihn und er sah sich nach etwas um, das er zerbrechen konnte, aber da war nichts außer ihm selbst und er war ja schon kaputt, was hätte es also genützt? Sein Körper wäre am liebsten irgendwo liegen geblieben, aber er musste weiter. Der Himmel stürzte ein und die Geier wurden zu einem Wind, der von allen Seiten an ihm pickte. Seine Augen wurden zu Erz. Er wollte nichts mehr sehen. Er wollte sich nur noch verstecken.

Die inneren Organe umklammerten die Stäbe ihres Käfigs und rüttelten verzweifelt daran, denn sie wollten fliehen. Seine Augen versuchten zu schreien, während seine Stimme sich schweigend verbarg. Leben und Tod standen zur Wahl. Er hasste den Gedanken an den Tod, aber auch die Vorstellung von Leben stieß ihn ab. Ja, er wollte leben, mehr als alles andere. Dafür wäre er sogar bereit zu sterben. Aber was für eine tragische Ironie, dass er nicht einmal ein Leben hatte, das er dem Tod opfern konnte. Worauf also konnte er noch hoffen? Hoffnung – gab es das überhaupt noch?

In seinem Inneren strömten die Tränen, während sie sich außen zu fließen weigerten. Welchen Sinn hatten

Tränen, wenn sie nicht fließen wollten, wie es ihre eigentliche Bestimmung war? Ach, was für ein heilsamer Strom könnten sie sein, wenn sie nur über sein Gesicht laufen würden. Stattdessen ertränkten sie ihn ganz gegen ihre Natur von innen.

Die Distanz zwischen der Nähe Gottes und seiner inneren Festung war so groß wie eine Ewigkeit und gleichzeitig nur eine feine Linie. In der dinglichen Welt war die Reisezeit nur so lang, wie Sam brauchte, um die Augen zu schließen. Doch in seiner Seele, und hier galten weder Zeit noch Wirklichkeit, war er schon tausend Jahre unterwegs. Er war schon Millionen Male gestorben.

~

Im Durcheinander seiner gemarterten Gefühle und dem klaren Bewusstsein seines Verlusts erreichte er schließlich die vertraute Festung – die Mauern in seinem Inneren. In einiger Entfernung blieb er stehen und zum ersten Mal ging ihm auf, dass er die Festung nie von außen betrachtet hatte. Gott war ihm vorhin innerhalb der Mauern begegnet. Er hatte ihn durch das Wirken seines Geistes befreit und dazu verlockt, ihm zu folgen. Und genau das hatte Sam getan. Er war ihm aus der Festung gefolgt ohne zurückzuschauen.

Er war ihm durch die Wüste gefolgt und hatte die Sicherheit seiner vermeintlich starken Mauern hinter sich gelassen. Ohne auch nur zum Abschied zu winken. Die

Augen seiner Seele waren auf Gott gerichtet gewesen. Sie waren auf dieser Reise zusammen unterwegs gewesen. Nun kam er allein zurück.

Die Festung war von innen her erbaut worden. Von innen kannte er sie gut, aber jetzt war er zurück und sah sie zum ersten Mal von außen. War dies auch der Anblick, der sich den Heeren bot, die gegen ihn kämpften? War dies, was seine Feinde sahen? Er hatte eine mächtige Abwehranlage vor Augen gehabt. Einen starken Turm. Einen undurchdringlichen Pfeiler der Kraft. Aber was war das denn für eine schäbige Hütte?

Er trat näher heran, um sie zu begutachten. Sein Zorn auf Gott rückte vorübergehend in den Hintergrund. Die Neugier nahm seine Aufmerksamkeit vollkommen in Beschlag. Er umrundete das Gelände.

Was war das? Das war doch keine Festung, sondern nur ein Haufen Ruinen! Dünnes Blech, bestenfalls eineinhalb Meter hoch, umgab das Ganze und der Rost hatte sich überall hindurchgefressen. Wenn die Leute seine Abwehr sahen, sahen sie wirklich nur das? Wer würde sich davon einschüchtern lassen? Wer wäre beeindruckt von einer solchen Konstruktion? So sah doch kein ausgeklügeltes Abwehrzentrum aus. Im Gegenteil, es wirkte ausgesprochen kindisch! Oh nein. Nun war er wirklich verloren. Geschlagen. Am Ende.

In ihm raste es, jeder Gedanke schien Feuer zu fangen und das Wachs zu schmelzen, das ihn noch zusammenhielt. Er spürte den Stachel des Todes – und doch starb er nicht, konnte er nicht sterben. Was sollte das alles? War es nur ein böser Scherz? Was sollte er machen? Er konnte nicht leben und auch nicht sterben. Wieso musste er eine solche Grausamkeit erdulden? Ach, wenn er doch nur sterben könnte. Nun, selbst unter der erstickenden Last seiner Traurigkeit wusste er, dass er nicht sterben wollte. Aber warum konnte er dann auch nicht leben? Er stürzte. Er stürzte in das tiefste Loch. Er stürzte unaufhaltsam, aber auch das war eine Lüge. Er wünschte, er könnte fallen, dann wäre die Vernichtung wenigstens endgültig. Aber warum? Wieso wollte er fallen? Wieso wünschte er sich die Vernichtung von allem?

Wieso nicht? Es kümmert doch sowieso niemanden!

Es war hoffnungslos. Das Leben hatte ihn verstoßen. Gott hatte ihn im Stich gelassen. Seine Festung war die einzige Hoffnung, die ihm blieb, und nun erkannte er, dass auch sie nur Betrug war, eine einzige Peinlichkeit. Er biss die Zähne zusammen, fester als je zuvor, und suchte nach dem Eingang.

Als er ihn gefunden hatte, schüttelte er den Kopf über den Anblick, der sich ihm bot. Wie hatte ihn ein solcher Ort über all die Jahre vor den Angreifern von außen bloß schützen können, fragte er sich und wollte sich nicht eingestehen, dass er es vielleicht gar nicht gekonnt hatte. Vielleicht war das nie der Sinn gewesen. Aber welchen Sinn, welchen Nutzen hatte so ein Ort, wenn nicht den, ihn vor den Feinden da draußen zu schützen?

Er holte tief Luft und zwängte sich durch die schmale Lücke. Er hatte es schon halb geschafft, als er den Halt verlor und ziemlich unsanft in die Festung hinein plumpste. Der Aufprall wirbelte eine Menge Sand auf. Sam blieb liegen, bis der Staub sich gelegt hatte. Und dann sah er etwas, das sein Herz wieder hoffen ließ.

Meine Mauern! Meine herrlichen, mächtigen Mauern!

Voll Freude sah er sich um. Ja, das waren die Mauern, an die er sich erinnerte. Das war die Festung, in der er sich sicher fühlen konnte. Von außen sah sie vielleicht aus wie ein kindisches Bauwerk, aber jetzt, von innen, sah er sie wieder, wie sie wirklich war: ein mächtiges Abwehrzentrum von höchster Qualität. Ein von Menschen errichtetes Wunder, das zu bewundern und zu fürchten war. Ja, von innen war sie ein Ort der Stärke, ein Heim, auf das man stolz sein konnte.

Er richtete sich auf und wischte sich den Staub aus dem Gesicht. Der Sturz war nicht so schlimm gewesen. Ja, irgendwie fühlte er sich insgesamt etwas besser. Erneut ließ er seinen Blick über sein Anwesen schweifen.

»Was für herrliche Steine«, erklärte er in einem Anflug von Benommenheit. Es tat gut, sich wieder betäubt zu fühlen.

An der westlichen Seite entdeckte er eine weitere Öffnung in der Festung. Das war der Ausgang, den Gott am Morgen geschaffen hatte. Das Licht seiner äußeren Seele strömte noch immer herein und erfüllte sogar die früher finstere Südseite mit ihrem Schein.

Er betrachtete noch eine Zeitlang die Mauern, aber dann entdeckte er etwas anderes. An einer der tragenden Säulen an der südlichen Seite saß ganz ruhig ein Mann. Er sah in Sams Richtung und freute sich offensichtlich über seine Anwesenheit, allerdings ohne gezielt seine Aufmerksamkeit zu suchen. Er begrüßte ihn mit einem Lächeln. Sam blieb noch ein Weilchen in sicherem Abstand stehen und wunderte sich, wer das sein mochte. Ein Feind? So sah er eigentlich nicht aus. Zumindest verhielt er sich nicht so.

Nach einer Weile hörte er ihn rufen: »Hallo, Kamerad. Willkommen daheim.« Schockiert trat Sam ein paar Schritte zurück. Diese Stimme – konnte das sein? Der General? Diese Schlange, die sein Leben ruiniert und ihn hinter diesen Mauern gefangen gehalten hatte?

Doch plötzlich präsentierte sich ihm ein noch tieferes Dilemma – ihm ging auf, dass sich seine Einstellung zu diesen Mauern verändert hatte und damit unvermeidlich auch seine Einstellung zu dem Mann, der hier vor ihm saß. Hasste er diese Mauern? Was hatte er auf seiner neuesten, seltsamen Reise entdeckt? War es nicht die Entdeckung gewesen, dass er sich eigentlich nach ihnen sehnte? Was also sollte er angesichts dieser neuen Erkenntnis mit dem General anfangen?

Vorsichtig ging er auf den Mann zu, der in der Ferne saß. Beim Näherkommen erkannte er, dass er fest an eine der zehn Säulen gefesselt war. Er lächelte Sam zufrieden an und lud ihn ein, sich zu setzen. Aber was war mit den

Seilen, mit denen er ihn festgebunden war? Er schien sie gar nicht zu bemerken; wie konnte er so frei tun, obwohl er so gefesselt war? Sam setzte sich, weil er nicht wusste, was er sonst tun sollte. Es gab kein Ziel mehr, zu dem er fliehen konnte.

Der General schien Soldat zu sein, aber er erwies sich auch als perfekter Gentleman. Er war respektvoll und höflich und behandelte Sam trotz der offensichtlichen Gefangenschaft als seinen Gast und ließ ihn sich willkommen fühlen. Sein Gesicht war markant und maskulin, die Augen blau wie das Meer. Zögernd nur ließ Sam sich auf ihn ein.

Sie diskutierten über Gott und die Welt, philosophierten über Tod und Leben, Gut und Böse und die unbegrenzten Möglichkeiten der Menschheit – wenn es nur keinen Gott mehr gäbe, der immerzu Grenzen setzte. Nach einiger Zeit fragte er sich, wann der General das Offensichtliche zur Sprache bringen würde – nämlich dass er mit Händen und Füßen an diese Säule gefesselt war. Aber anscheinend kümmerte ihn das nicht und Sam begriff, dass er offensichtlich auch nicht vorhatte, dieses ziemlich beträchtliche Dilemma anzusprechen. Warum nicht, das blieb Sam allerdings schleierhaft.

Nach ein paar weiteren faszinierenden Themen konnte er schließlich doch nicht anders als zu fragen: Warum verhielt sich der General wie ein freier Mann, der sich mit einem Gast einen schönen Tag macht, wenn er doch in Wahrheit alles andere als frei war? Doch anstatt einer

Erklärung oder gar einer Beichte erhielt er nur ein herzhaftes Lachen zur Antwort. Nachdem er die Fassung wiedergewonnen hatte, sah der General ihn an, und in seinem Blick lag eine große Verwunderung. Nein, er sei überhaupt nicht gefangen, im Gegenteil, er sei absolut frei.

Frei?

Im ersten Moment wusste Sam nicht, was er darauf antworten sollte. Was sagte er da? Frei? Nach ein paar Augenblicken hatte er eine Idee, wie er das Problem angehen konnte. Er stand auf, fixierte den General mit seinem Blick und forderte ihn höflich auf, sich ebenfalls zu erheben, worauf der General erwiderte, dass er selbstverständlich aufstehen könne. Er blieb aber fröhlich sitzen. Sam erkannte, dass er tatsächlich ein kluger Mann war, dem es anscheinend ein gewisses Vergnügen bereitete, Fragen zu verdrehen. Er beschloss, nicht weiter zu fragen, sondern versuchte es im Befehlston:

»Steh auf!«

Der General sah ihn befremdet an und wollte wissen, in welcher Autorität Sam einen solchen Befehl ausspreche. Nach kurzer, zögernder Überlegung erwiderte er: »In meiner eigenen«, worauf der General in wildes Gelächter ausbrach. Er konnte nicht verbergen, dass er Sams Bemerkung erheiternd fand.

»Nun«, entgegnete er schließlich, »wenn man bedenkt, dass ich sicher mehr Autorität habe als du, denke ich, steht es dir nicht zu, so etwas von mir zu verlangen.«

Sam schloss die Augen, aber in seinem Inneren schien etwas zu explodieren, was ihm sofort wieder die Augen aufriss. Noch bevor er etwas erwidern konnte, redete der General schon weiter: »Nun setz dich wieder hin und ich erkläre dir, wieso ich mehr Autorität habe als du.«

Sam blieb trotzig stehen. Er wollte noch eine Frage stellen, verstummte aber schnell wieder, als der General mit seinen Augen auf eine Stelle neben sich deutete, wo er sich hinsetzen sollte. Er fühlte sich verpflichtet, der Anweisung zu folgen, aber wieso? Und obwohl es nicht logisch war, setzte er sich wieder hin, gespannt auf das, was der General zu sagen hatte.

Er war perplex. Noch nie im Leben war er jemandem begegnet, der so überzeugt von einer Lüge war. Denn egal, von welcher Seite er es betrachtete, es ließ sich nicht leugnen, dass der General gebunden war. Er konnte sich nicht bewegen. Er war gefangen und doch schien er nicht nur sich selbst vorzumachen, dass er frei war, sondern begann, gegen alle Logik, auch Sam davon zu überzeugen. Und in der Tat, während sie ihr Gespräch über Autorität und Politik fortsetzten, fand er die Argumentation des Generals recht überzeugend. Und doch war er gefesselt – oder etwa nicht?

Es war alles so verwirrend.

Nach einer langen Diskussion über Freiheit und Gefangenschaft schlug der General ein Experiment vor, das die Frage seiner Freiheit klären würde. Höflich forderte er Sam auf sich noch einmal zu erheben und erklärte ihm, dass er trotz allem absolute Freiheit hatte und je nach Lust und Laune tun konnte, was er wollte. Er beharrte darauf, in keiner Weise in seinem Handeln eingeschränkt zu sein. Das klang in Sams Ohren schon beinah lächerlich, aber seltsamerweise traute er sich nicht, mit derselben Freiheit zu lachen, die der General sich herausgenommen hatte.

Der General war entschlossen, seinen Standpunkt zu verteidigen, und deshalb schlug er vor, Sam als Grundlage für weitere Gespräche ein paar einfache Fragen zu stellen. Er machte dabei klar, dass Ehrlichkeit die wichtigste Spielregel sei. Irgendetwas an seiner absoluten Gewissheit machte Sam nervös. Der General stellte seine erste Frage:

»Glaubst du, ich sei stärker als du?«

Sam sah den Gefangenen vor sich an. Die Stricke waren so fest angezogen, dass er sich nur vom Hals an aufwärts bewegen konnte. Er war gefangen. Egal wie sehr er das abstritt oder davon abzulenken versuchte, es war die Wahrheit. Dennoch ... war er stärker als Sam? Nun, die Frage war nicht leicht zu beantworten. Denn was bedeutete es, stärker zu sein als ein anderer? Er war Soldat und auch wenn er jetzt im Sitzen gefesselt war, war er doch noch stark. Er hatte breite Schultern und war mit Sicherheit ein erfahrener Kämpfer. Im Vergleich dazu war Sam ein käseweißer Schwächling. Er war nicht stark, er wäre es gern gewesen, aber er war es nicht. Also gab er zu, dass der General trotz seiner Fesseln stärker war. Der General nickte zustimmend und stellte die nächste Frage:

»Glaubst du, ich sei weiser als du?«

Sam wollte gern verstehen. Er wollte die Wahrheit erkennen, was aber war Wahrheit? Wie konnte er sie je finden, wenn die Welt nur aus Lügen bestand? Gab es eine Wahrheit, auf die er sich stützen konnte, ohne befürchten zu müssen, dass sie mit Lügen vermischt war? Er wollte sein Leben und seine Weltsicht nicht auf Sand bauen. Er wollte eine solidere Grundlage, aber er hatte keine. Er wusste nicht, worauf er sich stellen konnte oder wofür er einstehen sollte. Es war einfacher, davonzulaufen. Es war leichter, sich hier in seiner inneren Festung zu verschanzen. Aber er wusste, dass es keine dauerhafte Lösung war. Dies war ein Ort, um Schmerz zu betäuben, um seelische Not auszublenden und den Verlust vieler Dinge zu vergessen – aber es war kein Ort der Erkenntnis. Kein Fundament, auf das er sein Leben bauen wollte.

Der General andererseits schien Antworten zu haben. Sein Herz schien nichts zu quälen. Immer wieder hatte er gezeigt, dass er auf jede Frage und jede Herausforderung, die sich ihm stellte, gut klingende Argumente hatte. Anders als Sam schien er seinen Weg zu kennen. Also hatte der General wohl Recht. Er war weise und schien trotz der Fesseln ein zufriedenes Herz und einen klaren

Verstand zu besitzen – genau das, was Sam unbedingt erlangen wollte. Er gestand also, dass der General weiser war als er. Der lächelte Sam bestätigend zu und stellte ihm die nächste Frage:

»Glaubst du, ich sei entschlossener als du?«

Sam wich vor der Frage zurück. Er fühlte sich schwach und innerlich zerrissen. Zu fast allem, was ihn bewegte, war seine Meinung zweigeteilt. Ihm fehlte eine sichere Basis, ein Fundament eigener Überzeugungen. Das ganze Leben hatte er damit zugebracht, Schatten hinterherzujagen, Schlupflöcher zu suchen, in denen er sich verstecken konnte. Nein, da waren keine eigenen Überzeugungen, auf die er sich stützen konnte. Er hätte sie gern gehabt und als er nun den General betrachtete, empfand er Neid. Dieser schien nicht von Zweifeln gequält, sondern vermittelte den Eindruck absoluter Stärke und unerschütterlicher Zuversicht. Der General hatte selbst erstellte Prinzipien, die er verstand – und nach denen lebte er auch.

Sam konnte nicht einmal sich selbst überzeugen, das zu befolgen, was er glaubte, geschweige denn einen anderen. Der General hingegen hatte ihn mit seiner Ausstrahlung von Kraft und Überzeugung wirklich beeindruckt. Und so gab Sam – mit einem Schuss Enttäuschung über seine eigene Dummheit – nun zu, dass der General sicher über mehr Entschlusskraft verfügte als er.

Als Antwort reckte der General den Hals – das war alles, was er bewegen konnte – und drehte langsam den

Kopf wie zum Zeichen des Siegs. Er sah mit einem Lächeln zu Sam hoch, nicht herablassend, sondern eher wie eine Einladung, zu entspannen und zu begreifen, dass er keine Verurteilung zu fürchten brauchte. Er war ein Freund, so schien es jedenfalls. Er blinzelte Sam zu, bevor er erneut zu reden begann.

»Also, Kamerad, was haben wir gerade gelernt? Wie war das Argument? Wenn ich tatsächlich ein Gefangener bin und du bist frei, dann könnten wir unsere Folgerungen auf die Aussage stützen, dass du dich vor mir nicht zu fürchten brauchst, während ich Grund habe, vor dir Angst zu haben. Denn wenn ich wirklich gefangen bin, wie du törichterweise glaubst, was für einen Schaden könnte ich dir zufügen? In Wahrheit allerdings bin ich überhaupt nicht gefangen. Ich bin vielmehr völlig frei und deshalb könnte ich dir, wenn ich wollte, jederzeit die härteste Strafe auferlegen. Ich tue es nicht, aber du solltest wissen, dass ich nicht dazu verpflichtet bin, zu dir nett zu sein. Ich bin es aus freien Stücken. Solltest du mir jedoch Grund dazu bieten, dich hart anzufassen, dann würde ich nicht zögern, es auch zu tun. Denn wie du selbst bekannt hast, bin ich stärker, weiser und auch entschlossener als du.

Nun scheint es mir unwiderlegbar, dass du in einer weit schwächeren Position bist als ich, denn ich bin in jeder Hinsicht mächtiger, geschickter und, wie ich meine, auch skrupelloser als du. Das haben wir gerade gemeinsam festgestellt. Aber die Tatsache, dass ich frei bin, muss immer noch bestätigt werden, oder nicht? Nun, es scheint zwar immer noch ein wenig töricht, diese Frage weiter zu diskutieren, wenn man bedenkt, dass deine Meinung nur darauf basiert, dass ich diese Fesseln trage, auf die du deine Hoffnung setzt und aus denen du schließt, dass ich gefangen bin. Aber ich will dir eine Frage stellen, Kamerad – na ja, ob du tatsächlich mein Kamerad bist, wird sich bald zeigen – warum setzt du so viel Hoffnung auf diese Fesseln, die mich angeblich binden? Erkennst du nicht, dass ich in jedem Moment, den ich für richtig halte, von ihnen erlöst werden könnte? Ist dir noch nicht aufgegangen, dass sie mich überhaupt nicht binden, sondern lediglich ein Werkzeug sind, das ich gewählt habe, um deine Treue zu testen? Denn wie sonst sollte ich wirklich wissen, ob du ein Freund oder ein Feind bist, als nur dadurch, dass ich dich prüfe? Bist du mein Freund, Kamerad? Vertraust du mir? Kann ich dir vertrauen?

Mir scheinst, du bist dir selbst nicht sicher. Warum also setzen wir unser kleines Experiment nicht ein wenig fort, um ein für allemal zu beweisen, dass ich ein freier Mensch bin und kein Gefangener dieser Fesseln, wie du so töricht gemeint hast. Wir haben gerade einen logischen Test hinter uns. Nun lass uns einen Schritt weiter gehen und sehen, wie es um die Angst steht, okay? Wir sind uns darüber einig, dass ein freier Mann keine Angst vor einem haben muss, der gefangen ist, während ein Gefangener allen Grund hat, sich vor einem Freien zu fürchten. Denn der Gefangene kann nichts tun, um sich vor der Misshandlung des Freien zu schützen, und dem Freien ist völlig klar, dass der Gefangene ihm keinerlei Schaden zufügen kann. Also lass uns dieses Prinzip einmal anwenden um herauszufinden, wer von uns wirklich gefangen ist und wer frei. Bist du bereit?

Ich zähle bis fünf und du kannst dich entscheiden. Du kannst mich losbinden, bevor ich bei fünf bin, oder du kannst weiter glauben, dass ich gefangen bin und dir nichts tun kann. Wenn du mich fürchtest, dann deshalb, weil du weißt, dass ich dir schaden kann, und ich kann es tatsächlich, aber ich hoffe, dass es mit unserer Beziehung nicht so ausgeht. Wenn du hingegen glaubst, dass ich gefangen bin und dir nichts antun kann, dann musst du auch nichts unternehmen. Binde mich nicht los und warte ab, was passiert.

Ich halte es allerdings für fair, dir zu sagen, dass ich mich selbst losbinden kann. Das ist kein Problem, denn diese Fesseln dienen nicht dazu, mich hier festzuhalten, sondern dich zu testen. Wenn du die Prüfung bestehst, dann können wir weiterhin in voller Übereinstimmung zusammenarbeiten. Wenn du sie aber nicht bestehst und mich nicht losbindest, dann solltest du wissen, dass ich mich sofort selbst lösen und mit dir umgehen werde wie mit einem Feind und Dinge tue, an die du nicht einmal zu denken wagst. Sobald ich also bis fünf gezählt habe, werde ich frei von diesen Fesseln sein, so oder so, aber was danach passiert, das liegt in deiner Hand.

Wir haben demnach einen ganz klaren Ausgangspunkt, um zu beweisen, wer von uns frei und wer gefangen ist. Wenn ich, wie du meiner Ansicht nach immer noch glaubst, wirklich gefesselt und gefangen bin, dann hast du keinen Grund, dich zu fürchten, und kannst meine Worte als Märchen abtun. Du kannst über meine Drohungen lachen. Aber ich denke, so dumm wirst du nicht sein. Wir werden es gleich sehen. Also lass uns beginnen, Kamerad«, schloss er seine kleine Rede und sagte dann nur ein Wort:

»Eins.«

Sam konnte nicht anders, als kurz zu lachen. Er war erstaunt über die Kühnheit und Zuversicht des Generals und auch ein wenig verwirrt. Der schien seine eigene kleine Lüge wirklich zu glauben und meinte, er sei nicht gefangen. Was sollte er nun mit diesem dummen Test anfangen? Wieso sollte er sich vor jemandem fürchten, der an Händen und Füßen so fest gebunden war und wirklich keine Möglichkeit hatte zu entkommen? Wieso meinte er, Sam wäre so kindisch und würde etwas anderes glauben? Sicher, in der Theorie war er stärker, aber dass er gefesselt war, war keine Theorie, weshalb er machtlos vor ihm saß. Es war eine Tatsache. Er grinste ihn an, er tat ihm leid. Der General jedoch ließ sich nichts anmerken. Stattdessen behielt er ihn im Blick und zählte:

»Zwei.«

Sam wollte wieder über diesen leeren Bluff lachen, aber irgendwie fand er die Sache nicht mehr ganz so komisch. Aber es war doch ein Bluff, oder nicht? Natürlich war es das. Der General war gefesselt, das war klar. Er hatte keine Möglichkeit, sich selbst zu befreien, denn sonst hätte er es schon längst getan. Und was sollte diese jämmerliche Geschichte, dass die Fesseln nur ein Test wären, ihn also gar nicht wirklich banden. Meinte er wirklich, Sam würde das glauben?

Hatte er sich in seinen eigenen Lügen schon so verstrickt, dass er den Unterschied zwischen Wahrheit und Täuschung nicht mehr erkannte? Sam sah ihn an und wollte sofort wieder wegsehen. Aber wieso sollte er sich von einem Gefangenen einschüchtern lassen? Trotzig blickte er ihn an. Er würde ihn nicht losbinden. Er würde den Bluff entlarven und zeigen, wer hier wirklich die Kontrolle hat. Der General sah ihn an und brüllte so laut, dass die Erde bebte:

»Drei!«

Sam wandte sich ab und seine Augen suchten nach einem Ort, an dem er sich verbergen konnte. Die mächtige Stimme des Generals machte ihm Angst – aber änderte das etwas? Er konnte schreien, aber bewegen konnte er sich trotzdem nicht. Ein Gedanke machte sich in Sam breit und präsentierte sich mit aller Dringlichkeit: *Aber was, wenn es gar kein Bluff ist und er sich tatsächlich selbst befreien kann?*

Er schüttelte den Kopf und bemühte sich, wieder die Oberhand zu gewinnen. Er war hier der freie Mensch. Er war es, der die Kontrolle hatte. Es gab keinen Grund, sich zu fürchten. Aber er hatte trotzdem Angst. Er suchte nach rationalen Gründen, seine Meinung zu ändern und den General loszubinden. Aber wieso? Wieso fürchtete er den General? Er hatte eine laute Stimme und konnte noch lauter prahlen, aber er war nicht frei. Egal, wie er die Illusion darzustellen versuchte, es war dennoch nichts anderes als genau das – eine Illusion.

Sam überlegte, was daran problematisch wäre, ihn loszubinden. Wieso sollte er es nicht tun? War er es, der hier stolz war? Ja, vielleicht sollte er ihn losmachen, um zu zeigen, dass er genug Demut besaß, aber dieses selbstzweiflerische Geschwafel war nur ein Vorwand. Er hatte Angst und wusste das auch. Aber bewies das, dass der General Recht hatte? War er wirklich frei? Er rechnete fast damit, dass ein gewaltiger Donner auf ihn zukommen würde. Stattdessen hörte er ein ruhiges, wohl kalkuliertes und gezieltes:

»Vier.«

Er geriet in Panik. Er wollte fliehen, aber wohin? Er war doch schon so weit gerannt. Ganz bewusst war er an diesen Ort zurückgekehrt. Er war gekommen, weil er in Sicherheit sein wollte, aber was war mit dem General da vor ihm? Was, wenn er ihn nicht losband? Die Angst vor einer Strafe erfasste ihn wie eine Vorahnung auf das, was kommen würde.

Aber er ist gefesselt!, schrie Sam, wohl hundert Mal. Doch Logik konnte nichts mehr ausrichten. Unentschlossenheit machte sich breit und seine Unsicherheit nahm ihn augenblicklich in Beschlag.

Bind ihn los, du Idiot!

Er war wie erstarrt, aber dafür war jetzt keine Zeit. Er musste etwas tun. In schrecklichem Zwiespalt kniete er vor dem General nieder und kämpfte mit den Fesseln. Es war nicht einfach, sie zu lösen, doch nach langem Mühen schaffte er es. Sein Herz stand in Flammen, seine Gedanken hämmerten unerbittlich. Schließlich sank er zurück. Er sah auf zu dem General, der triumphierend vor ihm stand und lächelnd auf ihn hinabsah. Er wirkte ruhig und zufrieden, als wäre alles so, wie es sein sollte.

»Sei guten Mutes, Kamerad, du hast die Prüfung bestanden.«

Der General führte Sam gemächlich durch den Hof, wies ihn auf Feinheiten in der Konstruktion der Festung hin und erklärte ihm die Architektur und andere faszinierende Vorzüge, die er früher nicht bemerkt hatte. Der General war um einiges größer als er. Er stolzierte nicht aufgeblasen herum, obwohl ein Mann von seiner Statur das sicher hätte tun können. Stattdessen passte er seinen Gang bewusst an Sams Schritte an und tat, was er nur konnte, damit dieser sich in seiner Gesellschaft wohlfühlte. Trotzdem war seine Autorität unbestreitbar. Er hatte ein breites, ausgeprägtes Kinn, die Lippen waren voll und verführerisch; die Zähne wie Elfenbein, scharf und vollkommen, und er hatte keine Angst zu lachen. Sam lächelte ihm zu. Vielleicht würde doch noch alles gut werden.

Während sie redeten, wuchs seine Bewunderung. Die wohlwollende Haltung des Generals beeindruckte Sam insgeheim immer mehr. Er war stark, daran gab es keinen Zweifel. Aber er hatte Sam in dieser kurzen Zeit auch davon überzeugt, dass er friedlich war. Er war ein Mann, dem man vertrauen konnte. Überdies hatte der General auch keine Bedenken, sein eigenes Vertrauen zu Sam und seine Bewunderung für ihn auszudrücken, denn er fand immer wieder neue Wege, ihn für seinen starken Charakter zu loben. Sam glaubte ihm.

Endlich hatte er jemanden, an den er glauben, dem er vertrauen konnte.

~

Was für ein Idiot! Was für ein absoluter Idiot!, dachte der General. Er freute sich an seiner eigenen Genialität, während er Sam durch die Festung führte, gleichzeitig stellte er aber fest, dass ihn auch etwas störte. Das, was ihn störte, steigerte sich rapide und verwandelte sich in einen überwältigenden Hass. Er hätte Sam am liebsten sofort umgebracht, aber er zügelte den Impuls. Er hatte für sein Ende einen noch größeren Plan. Er wusste, wie wichtig es ist, im Krieg Disziplin zu wahren.

Die Tatsache, dass er so leicht zu täuschen war, hatte kurzfristig für Freude gesorgt. Sie war aber gleichzeitig auch ein anhaltendes Ärgernis. Er hatte Sam geprüft und war zum Schluss gekommen, dass es nicht ein einzelner Charakterzug war, der ihn störte, sondern sein ganzes Wesen. Es ärgerte den General und er verachtete ihn dafür. Er war widerlich schwach. Jämmerlich genug, um gegen die eigene Vernunft zu handeln. Sam setzte sich über sein eigenes Gewissen hinweg, um die Illusion von Angst zu beschwichtigen, die er herbeigeredet hatte. Oh, wie er ihn verachtete.

Sam war kein Kämpfer, kein Soldat. Er verstand nichts von Krieg und Täuschungsmanövern, nichts von Terror, der sich hinter moralischen Diskussionen versteckte, oder von Verrat, der sich als treue Freundschaft maskierte. Militärische Eroberungen, die sich als Befreiung ausgaben, oder Manipulation, die als Patriotismus auftrat, erkannte er nicht. Dass man sich an hinterhältigster Bosheit freuen konnte, war ihm nicht bewusst, noch konnte er sich vorstellen, dass andere davon träumen konnten. Er war mehr Schaf als Wolf – ein armseliges Schaf ohne Hirten, das Angst im Dunkeln hatte, und nicht in der Lage war, sich zu schützen. Das brachte sein Blut in Wallung; er hasste Sam mit einer Heftigkeit, die nur der Tod besänftigen konnte.

Am schlimmsten von allem war seine dumme Vorstellung, sie seien einander irgendwie ähnlich. Dabei war nichts weiter von der Wahrheit entfernt. Allein der Gedanke, sie könnten etwas gemeinsam haben, machte ihn wütend. Schwäche war ein Gift, gegen das der General immun war, so dachte er zumindest, und er wollte Sam am liebsten zerreißen, weil er davon tödlich infiziert war. Er hätte es auch beinahe getan, wäre nicht in genau diesem Augenblick ein Feind erschienen und hätte ihn abgelenkt.

Neben der Lücke in der westlichen Mauer, durch die Sam heute Morgen entkommen war, stand ein Eindringling. Ein Mann mit zerbrochenem Herzen und einem von Kummer entstellten Gesicht, doch Sam wusste sofort, wer es war. Er trug noch immer seine Jacke und sah aus wie er. Er schien erschöpft. Die Trauer, die ihn quälte, schwang durch den Hof und erschütterte Sam. Solche Traurigkeit hatte er noch nie gesehen, nicht einmal in seinen eigenen müden Augen.

Gott hatte denselben Weg zurückgelegt wie er. Er war dieselbe lange Straße seiner zerbrochenen Seele entlanggegangen, eine Straße jenseits von Zeit und Vernunft. Gott war Tausende von Meilen gegangen und Millionen Male verlassen worden. Er hatte auf dem Weg durch die endlose Wüste seiner inneren Qual denselben zerstörerischen Kummer erlebt wie Sam – Verluste, die kaum zu beschreiben waren. Diese Landschaft der Ablehnung, die dem Leben alle Farbe nahm.

Ungläubig starrte er ihn an.

Was macht Gott hier?

Etwas früher war er Sam in der Gestalt eines Menschen begegnet, hatte aber seine Göttlichkeit behalten. Er hatte als Mensch aus Fleisch und Blut bei ihm gesessen, dabei aber seine unbegrenzte geistliche Macht in Anspruch genommen. Er hatte an zwei Orten gleichzeitig sein können, konnte hereinkommen und dennoch der Geist der Ewigkeit sein. Deshalb hatte er bei Sam sein und ihm trotzdem die Höhen des Himmels zeigen können. Er hatte Sam einen Blick in die göttliche Wirklichkeit gewährt. Er hatte sich in einer Form offenbart, die Sam verstand – aber das war nicht genug.

Sam hatte Gott zurückgewiesen, aber Gott konnte ihn nicht loslassen. Nicht jetzt und niemals. Er sollte verstehen, aber Worte würden dazu nicht ausreichen. Er musste nicht sehen, wie viel Gott ihm beibringen konnte. Er musste erkennen, wie sehr er ihn liebte. Er wusste, Sam konnte ihn nicht annehmen, solange er nicht das Wesen Gottes in sein eigenes Herz aufnehmen konnte. Und dazu gab es nur eine Möglichkeit. Jetzt ging es um alles oder nichts. Keine Kompromisse mehr. Für Gott ging es darum, mit Sam zu leben oder gar nicht.

Sam schaute über die Zeit hinweg. Sein Verstand geriet ins Stolpern, als Gottes Blick ihn traf. Vor ihm stand die göttliche Versöhnung. Hinter ihm eine brutale Auseinandersetzung.

Der General starrte ihn ungläubig an. Kein Zweifel, dies war Gott, doch was hatte er mit sich gemacht? Wo war seine Macht? Er wandte sich zu Sam um, packte ihn fest im Nacken, stieß ihn mit aller Gewalt und schrie: »Sag's mir sofort, bist du auf seiner Seite?«

Der feste Griff des Generals allein bewirkte schon, dass Sam in einen Zustand der Angst verfiel. Schnell erwiderte er: »Nein!«

»Gut«, sagte der General. »Dann halt jetzt den Mund, während ich zu Ende bringe, was wir vorhin besprochen haben.«

Unsicher, was er meinte, fragte Sam: »Was haben wir besprochen?«

Er beugte sich zu Sam hinab und flüsterte: »*Gottes Tod.*«

~

Der General kroch vorwärts. In Gedanken spielte er die verschiedenen Möglichkeiten durch und soweit er folgern konnte, lief das mit ziemlicher Sicherheit auf ein Massaker hinaus. Gott stand vor ihm, aber er war ein gebrochener Mann – ein Mensch. Der Geist, der ihn getragen hatte, war verschwunden. Alles, was seine Majestät auf himmlischen Bahnen gelenkt hatte, fehlte jetzt vollständig. Was die Festung jetzt erfüllte, war sein Mangel.

Was für eine Gelegenheit, dachte der General fast ehrfürchtig. Der Einzige, der seinem Plan der totalen Herrschaft im Wege stand, befand sich unmittelbar vor ihm, aber nicht in der Kraft, die ihn vorher besiegt hatte, sondern in Schwachheit. Und dabei nicht einmal in seiner eigenen Schwäche, denn selbst Gottes Schwachheit war noch stärker als die Stärke des Generals. Nein, er stand da als Sams Ebenbild. So unglaublich es war, da stand er in der Schwachheit eines zerbrechlichen, erbärmlichen Menschen.

Wieso tat er das? Wieso machte er sich so verletzlich? Er kannte den General. Er musste sich des Ergebnisses und der gewaltigen Zerstörung, die ihn treffen würde, doch auch bewusst sein. Gott tat nichts ohne Grund, aber was für einen Grund könnte es für eine solche Dummheit geben? Egal, es spielte wohl keine Rolle. Der General bewegte sich weiter vorwärts und legte sich einen Angriffsplan zurecht. Er war immer berechnend, aber nun war tatsächlich die Zeit des Sieges gekommen.

Sam starrte über den Hof. Auch ihm war die völlige Verzweiflung Gottes bewusst. Er überlegte, wie er ihn sonst erlebt hatte, so jedenfalls noch nicht. Er hatte ihn in seiner Fantasie als rücksichtslosen Herrscher gesehen und als Gott in Fleisch und Blut, der in seinem eigenen Frieden ruhte und dennoch voll göttlicher Kraft war. Aber nun sah er Gott in absoluter Verzweiflung. Seelisch gebrochen, geistlich erschöpft und verwirrt. Er hatte ihn noch nie so kaputt, so schwach, so traurig gesehen. Gleichzeitig aber auch noch nie so vollständig.

Gottes Blick traf ihn, aber Sam erwiderte ihn nicht. Ihm fehlten die Worte, er verlor sich im Augenblick, unfähig seine Gedanken und Gefühle zu koordinieren. Gefangen in einem Tal, in dem es kein Vor und kein Zurück gab. Steif stand er da, als sich der General, an ihm vorbei, an Gott heranpirschte.

»Was machst du hier?«, fragte er in autoritärem Ton.

»Ich will Sam«, erwiderte Gott.

Der General lachte laut und bewusst spöttisch. Gleichzeitig überraschte ihn diese direkte Forderung. War Gott wirklich so unterwürfig, so töricht? In was für einer Wirklichkeit lebte der denn? Konnten seine selbstgerechten Ideale ihm den Blick dafür verstellen, dass Sam ihn nicht wollte? Der General hatte mit Sam bereits über all die Fehler Gottes geredet. Sie hatten über Gottes beeindruckende Versprechen geredet, die sich nie erfüllten, und über die Ungerechtigkeit, dass er nur gab, um es dann wieder wegzunehmen. Hände, die ihren Dienst anboten, nur um später Dienstbarkeit zu fordern.

Er hatte Sams Gefühle und Ängste beschrieben und ihm geholfen zu erkennen, dass Gott die Ursache all seiner Probleme und Schmerzen war. Ja, es war ihm sogar gelungen, ihn zu überzeugen, dass Gottes Existenz als solche das Problem war – etwas, dessen Sam sich plötzlich nicht mehr so sicher war, als er nun in die Stille des Ungewissen starrte.

»Du willst Sam – aber will er dich?«, fragte der General. Dann fuhr er fort: »Wieso, meinst du, ist er hierher zurückgekommen? Er ist nicht mir weggerannt, sondern dir. Du kommst hierher ohne deine göttliche Macht, ohne den einzigen Grund, aus dem man dich überhaupt wollen könnte, und erwartest, dass er zu dir kommt? Begreifst du denn nicht? Er hasst alles an dir. Da stehst du nun so schwach wie er. Was erwartest du? Meinst du, ich würde ihn dir überlassen? Denkst du, ich hätte Angst vor dir? Ich hatte keine Angst, als du mich mit deiner ganzen ewigen Stärke überwunden hast – und jetzt ...? Was soll ich tun, wo du zu einem neuen Kampf zurückgekommen bist, ohne alle deine Macht, bloßgelegt in absoluter Schwäche und ohne jegliche Hoffnung auf einen Sieg?« Doch als der General gerade auf Gott losstürzen wollte, um ihn umzubringen, hörte er Sam hinter sich murmeln:

»Warte ...«

»Was ist?«, fragte er verächtlich.

»Bitte«, bettelte Sam. »Gib mir eine Minute. Ich muss ihn etwas fragen.«

Er drehte sich zu Sam um und sein Blick ließ die verzehrende Angst wieder auflodern.

»Kamerad, ich habe dich schon einmal gefragt und ich frage dich jetzt wieder«, sagte er und deutete mit ausgestrecktem Arm in Gottes Richtung, den Blick eisern auf Sam gerichtet: »Bist du auf seiner Seite?«

Wieder kam Sams Antwort ohne Zögern: »Nein. Überhaupt nicht.«

Die Augen des Generals tanzten, seine weißen Zähne glänzten. Er sah zurück in die Mitte des Hofs und hielt zwei Finger hoch. Das Siegeszeichen. Insgeheim brüstete er sich damit, wie er Sam zweimal dazu gebracht hatte, öffentlich seine Treue zu Gott zu leugnen. Mit einem boshaften Grinsen gab er Sam die Erlaubnis, zu sagen, was er sagen wollte. Er konnte durchaus noch ein paar Minuten warten, bevor er den ehrgeizigen Plan seines Lebens erfüllte.

Sam drehte sich um und machte ein paar Schritte von der Mauer fort. Er starrte über den Hof, suchte jedoch keinen Blickkontakt. Er wollte Gott so viel sagen, fand aber nicht die richtigen Worte. Als sie das letzte Mal miteinander gesprochen hatten, hatte er eine wahre Sturzflut von Fragen hervorgebracht, doch auf keine eine Antwort erhalten. Gott wollte sie nicht ignorieren; er wusste, dass es berechtigte Fragen waren. Sam sollte nicht glauben, er dürfe keine Fragen stellen. Gott wusste vielmehr, was für eine wichtige Rolle das Fragen beim Prozess des Suchens und Entdeckens der Wahrheit spielte.

Es war ganz normal, Fragen nach dem eigenen Zerbruch zu stellen und nach anderen Dingen, die man nicht verstand. Es war wichtig, nach der Welt, den Schmerzen, den Gründen für korrupte Systeme und bankrotte Theologie zu fragen. Gott hatte keine Angst vor den Fragen, überhaupt nicht. Ja, letztlich war er es, der jeden dazu ermutigte, Fragen zu stellen. Die Menschen mussten die Möglichkeit haben, sich frei zu bewegen. Gott hatte seine

Erlaubnis dazu erteilt. Doch allzu oft wurden sie eingeschlossen, weltlichen Herren unterworfen, die denen mit Verdammnis drohten, die zu glauben wagten, es sei ihr gottgegebenes Recht zu denken, Fragen zu stellen und Antworten zu suchen – eben die Wahrheit zu suchen.

Nicht der Mangel an Antworten war die Herausforderung, sondern die fehlende Freiheit, sie in einer Welt zu stellen, die darauf aus war, das Denken zu kontrollieren. Gedanken, die sich frei bewegten, waren gefährlich, denn sie stellten infrage, was andere blindlings akzeptierten, ohne auf Echtheit oder Berechtigung zu achten. Sie brachten das Boot der Korruption ins Schwanken, äußerten Fragen, die überall in den Herzen der Menschen vergraben lagen, und versetzten jene in Angst und Schrecken, die pausenlos damit beschäftigt waren, sie zu unterdrücken.

Gottes Geist war unkontrollierbar, was bedeutete, dass auch die unkontrollierbar waren, die ihm folgten und die Freiheit hatten, zu sein wie er. Das war ein beunruhigender Gedanke für die Hüter der Welt, die entschlossen waren, das Denken jedes Einzelnen zu kontrollieren. Überall auf der Welt wurden die Menschen in Unterwerfung gehalten und von der gemeinsamen Vision unterdrückt, die ihnen diktiert wurde, sodass die Stimme der Wahrheit in ihrem Inneren, die sie in die Freiheit rufen wollte, verstummt war. Doch die, die zuhörten und der Stimme von Gottes Geist in sich vertrauten, waren eine gefährliche Brut. Sie besaßen die Frechheit, die angedrohte Verdammnis zu ignorieren und sich auf der Suche nach Wahrheit in unbekannte Bereiche vorzuwagen. Nichts machte den Hütern der öffentlichen Meinung mehr Angst. Sie fürchteten das Denken derer, über die sie keine Kontrolle hatten.

Gott sah den Einen an, für den er gekommen war, und sagte: »Sam, ich weiß, dass du so viele Fragen hast – und es sind berechtigte Fragen. Aber wenn du dich mit mir auf den Weg machst, wirst du die Antworten finden, auch wenn es zuerst nicht so aussieht. Das verspreche ich dir. Du musst nicht vor mir weglaufen, wenn du sie nicht sofort findest. Du musst überhaupt nie vor mir weglaufen, egal, was passiert. Ich bin immer für dich da und wenn du mit mir unterwegs bist, werde ich dich in alle Wahrheit leiten. Versprochen.«

Sam suchte nach den Worten, die er sagen wollte, und fragte sich, wieso Gott das nicht alles schon vorhin in der Wohnung gesagt hatte. Warum musste es so weit kommen?

Schließlich fragte er: »Warum hast du die Antworten auf meine Fragen nicht einfach aufgeschrieben und mir gegeben? Wenn du sie mir einfach in die Hand gedrückt hättest, hätte ich nicht weglaufen und du hättest nicht hierher kommen müssen, um mich zu suchen.«

Gott machte ein paar Schritte vorwärts. »Sam, ich habe dir einen wunderbaren Verstand gegeben, mit dem du selbst denken kannst. Um dich herum gibt es viele Mächte, die dich am Denken hindern, es dir abnehmen und vorgeben wollen, und erwarten, dass du das widerspruchslos hinnimmst. Aber ich will nicht für dich denken. Wenn ich das täte, würde ich dir genau das nehmen, was ich dir selbst geschenkt habe. Ich will dir keine Gedanken diktieren, denen du als Wahrheit gehorchen musst, denn ich vertraue dir. Ich traue deinem Herzen. Ich vertraue darauf, dass du die Wahrheit willst, und ich weiß, dass du sie findest, wenn du nur genug Zuversicht hast, sie zu suchen. Dabei will ich dir gerne helfen. Ich werde dir keine Antworten diktieren und manchmal wird es lange dauern, bis du die Antwort findest. Manchmal musst du durch unbekanntes Gebiet wandern, um sie zu suchen, aber ich werde das Licht auf deinem Weg sein. Ich werde ein Freund sein, der dich berät. Ich werde dich beschützen. Wenn du mich lässt, werde ich dich in alle Wahrheit leiten.«

Gott liebte ihn. Mit einer vollkommenen Liebe. Einer Liebe, die alle Angst aus Sams Herz vertreiben konnte, wenn er nur an sie glauben würde. Er liebte Sam mehr als sein eigenes Leben, ja, mehr als sein eigenes Reich. Wenn er Sam nicht bei sich hatte, würde er sich an nichts freuen können. Nein, Sam musste es wissen. Ganz egal, wie hoch der Preis war, er musste es wissen. Gott wollte alle Lügen, allen Schmerz und alle Last von Sams Schultern nehmen und die Finsternis der Enttäuschung vertreiben, damit das helle Licht der göttlichen Liebe in seinem vollen Glanz erstrahlen konnte.

In Gott, und nur in ihm, konnte niemand Sam etwas anhaben, niemand ihn täuschen. Die Mauern waren unter dem Vorwand gebaut worden, ihn vor dem Schmerz des Lebens zu schützen, aber Gott wollte nicht, dass er hinter Mauern der Angst lebte. Er wollte, dass er frei war, erlöst von der Manipulation der Lügen und frei in der Realität der Liebe.

Sam war nahe daran, Gottes Angebot zu akzeptieren. Sein Herz sehnte sich danach. Doch gerade als er sich Gott nähern wollte, spürte er, wie etwas ihn zurückhielt. Es war der General.

»Du glaubst doch nicht, dass du bei ihm sicher bist?«, höhnte er und lachte wie ein Psychopath. »Er redet von einem sicheren Ort ohne Mauern. Begreifst du denn nicht, wie dumm so ein Angebot ist? Ein Ort ohne Grenzen, ohne Einschränkungen. Was ist denn dann mit den Feinden, die dich versklaven wollen? Was mit der Schande, die dich bloßstellen will? Was mit den Gefühlen, die dich verführen und schließlich zerstören wollen? Will er etwa deine Festung sein? Er bietet dir einen Ort der Sicherheit an, der keine Mauern hat? Wird er deine Zuflucht sein?«

Sam versuchte, seine Angst zu zügeln und erwiderte: »Aber vielleicht kann er ...«

»Du Idiot!«, schrie der General voll Wut darüber, dass Sam es wagte, ihn herauszufordern. »Ich will dir sagen, was Gott für dich tun kann – gar nichts!«

Er stieß Sam heftig gegen die Mauer und hielt ihn fest. Sein Atem in Sams Nacken war wie Feuer, sein irrer Blick wie Eis.

»Komm schon, lass uns zur Sache kommen. Du meinst, du willst frei sein? Du Dummkopf! Du hasst die Freiheit, gib es zu!«, brüllte er, zog Sam von der Mauer weg und warf ihn auf den Boden. Über ihn gebeugt, schrie er: »Du verachtest die Freiheit. Du denkst, du willst die Wahrheit, aber du hast keine Ahnung, was die Wahrheit dich kostet. Du liebst diese Mauern um dich herum und gleichzeitig wagst du zu denken, dass du die Wahrheit willst? Wieso bist du denn zurückgekommen? Meinst du wirklich, sie würden dir helfen, die Wahrheit zu entdecken?« Er sah zum Himmel und wirbelte dann mit einem zornigen Seufzer herum und rammte die Faust in die Mauer. Der Hass auf Sam machte ihn wütend.

Dann drehte er sich wieder um, packte Sam am Kragen, zerrte ihn erneut zur Nordwand und drückte seinen Kopf dagegen. »Sieh dir diese Mauern an, sieh sie genau an«, sagte er, nun wieder in ruhigem Ton.

Mit seinem ganzen Gewicht lehnte er sich gegen Sam, als wollte er ihn erdrücken. Sein Schweiß tropfte auf Sams Ohrläppchen.

»Hör mir zu, Kamerad, diese Mauern sind genau das, was du willst, aber sie sind nicht das, was du dir über sie einredest«, sagte er im Brustton der Überzeugung. Und im Flüsterton fuhr er fort: »Du spielst immer noch mit dem Gedanken an hohe Ideale, aber was du wirklich willst, ist Täuschung. Du sagst, du willst die Wahrheit, aber du weißt genau, dass du sie verabscheust. Ich weiß, dass sie dich anwidert, gib es nur zu. Du willst keine Wahrheit, du willst die Lüge. Ja, du sehnst dich nach der Lüge und weißt du, warum ich da so sicher bin?« Sam spürte seinen brennenden Atem in seinem Nacken. »Hör mir gut zu: Diese Mauern, die dir Schutz bieten, *sie ... sind ... die ... Lüge*. Deshalb bist du zu ihnen zurückgekommen. Du sehnst dich nach diesen Mauern, weil sie dir Sicherheit vorgaukeln; du sehnst dich genau deshalb nach diesen Mauern, weil sie dich so wunderbar belügen.«

Er lockerte den Druck auf Sam ein wenig und ließ ihn wieder auf die Füße kommen. Er trat ein paar Schritte zurück und wartete darauf, was Sam entgegnen würde.

Es dauerte ein paar Minuten, bis Sam wieder Luft bekam. Die ganze Zeit hielt er den Blick auf den Boden geheftet. Er wollte nicht aufsehen. Er konnte es nicht. Was sollte er sagen? Hatte der General Unrecht? Er schwieg und wollte sich schon fast geschlagen geben. Doch gerade, als er zum Zeichen der Unterwerfung die Hände heben wollte, hörte er die Stimme Gottes rufen: »Sam mag keine Lügen!«

Die Worte hallten im Hof wider.

»Er liebt mich«, fuhr Gott fort. »Er liebt die Wahrheit und du wagst zu behaupten, mein Kind mag Lügen? Du weißt gar nichts über mein Kind! Du kennst sein Herz nicht. Du kennst nur deine eigenen Entstellungen und Täuschungen.«

Der General schüttelte sich angewidert. »Dein Kind?«, schrie er zurück. »Er hat nichts mit dir zu tun!«

Trotz seiner Tränen fand Gott noch die Energie, die Festung mit seinen Worten zu erfüllen:

»Er hat alles mit mir zu tun! Er gehört mir und egal, was du sagst oder tust, daran wird sich nichts ändern.«

Gebrochen, aber herausfordernd stellte Gott sich den Lügen entgegen, die der General in Sams Herz säen wollte. Nein, er wusste alles über Sam. Er wusste, dass er ein gutes Herz hatte und auf dem Weg der Liebe gehen wollte. Er wusste, dass er sich nach einer friedlichen Welt sehnte und sich nicht auf die Seite von Bosheit und Lüge schlagen wollte. Er wusste auch, dass er das Ziel einer Lawine von Manipulation und Propaganda war.

Er kannte Sam, weil er ihm das Leben gegeben hatte. Er war ein geliebtes Kind. Nichts an seiner Schwachheit konnte Gott dazu bewegen, sich von ihm abzuwenden. Wenn überhaupt, dann bewirkten Sams Schwächen nur, dass er ihn noch mehr liebte. Er wankte nicht in seiner Meinung über ihn und zweifelte nie an seinem Herzen. Nein, er wusste, dass unter der harten Schale, die er sich im Lauf der Zeit zugelegt hatte, das Bild der Liebe steckte, nach dem er geschaffen war. Dieses Bild hatte Gott immer vor Augen, dieses Wesen war für Gott immer Sams wahre Identität. Und zum ersten Mal fing auch Sam an, die Reflexion dieser Liebe zu sehen.

Gott gab alles, was er hatte, damit Sam das Wesen ihrer Beziehung erkannte. Nicht wie ein Unsterblicher zu einem Sterblichen ist oder wie ein Herr zu seinem Sklaven, sondern wie ein Elternteil, der bereit ist, seine ganze

Welt aufzugeben, um sein Kind noch einmal in den Armen zu halten. Wie ein Vater zu dem Sohn.

»Dein Kind?«, bellte der General, sichtlich angeekelt von solch einer Vorstellung. »Er ist nicht dein Kind. Er hat nur einen Vater und der hat ihn vor langer Zeit verlassen! Glaubst du wirklich, er gehört dir?«, fragte er und wischte sich mit dem Arm den Speichel aus den Mundwinkeln. »Nein, keinen Augenblick, nie. Hörst du mich? Er hat nichts mit dir zu tun!«

Er wirbelte herum, packte Sam und schleuderte ihn wieder gegen die Mauer. Mit seinem ganzen Gewicht presste er sich gegen Sam, zerquetschte ihn beinahe und schrie ihm ins Ohr: »Ich frage dich zum dritten und letzten Mal: Bist du auf Gottes Seite?«

Und wieder winselte Sam von Furcht gepackt: »Nein! Ich schwöre es!«

Sofort spürte er, wie der Griff des Generals sich lockerte, und fiel zu Boden. Der General blieb aufgerichtet stehen und wandte seinen Blick wieder Gott zu.

»Hast du es gehört? Er hat dich verleugnet, nicht ein-, sondern dreimal!«

Siegessicher schrie er es hinaus, im Bewusstsein, dass nun seine Zeit gekommen war: »Alle Welt soll es wissen, dass ich heute dem lebendigen Gott die Stirn geboten habe!« Mit diesen Worten begann er seine Anklage.

Völlig verängstigt lag Sam auf dem Boden und schnappte nach Luft. Der General hatte ihn fast erdrückt, aber wieder losgelassen, denn in Wirklichkeit wollte er das Blut eines anderen. Sam war nichts. Er war wertlos und verachtet. Nein, die Energie des Generals richtete sich nun auf die Gelegenheit, die sich ihm so unerwartet bot: seinen alten Gegenspieler zu vernichten. Er hatte Sam losgelassen und gesehen, wie er zu Boden ging. Nun war der ersehnte Moment gekommen. Der Augenblick der höchsten Freude, auf den er hingelebt und an den er geglaubt hatte. Der Augenblick, in dem er die Gottheit tötete.

Er lief auf Gott zu.

Obwohl Gott den General kommen sah, versuchte er nicht zu fliehen oder sich zu schützen. Seine Aufmerksamkeit galt allein Sam, der noch immer am Boden lag, entsetzt über die Scham, Gott dreimal öffentlich verleugnet zu haben. Sam hob den Kopf und sah, wie er dachte, ein letztes Mal zu Gott hin. Gottes Blick traf den seinen und zum ersten Mal, seit er die Festung betreten hatte, wich Sam diesem Blick nicht aus. Obwohl die Scham ihn fast erstickte, war der Blick, der ihn traf, nicht richtend. Stattdessen wurde Sam aus der Festung hinausgetragen und bekam durch Gottes Augen hindurch einen Einblick in die Zukunft.

~

Als Erstes bemerkte er den Fluss. Er strömte ruhig und geradezu lieblich dahin. An beiden Ufern standen die zwei Bäume, die er schon in der früheren Vision gesehen hatte. Ihre Blätter schimmerten im Abglanz des Lichtes, das von oben kam. Ihre Zweige streckten sich aus, als wollten sie die Luft umarmen und die Landschaft einladen, unter ihrem Schatten Platz zu nehmen. Das Gras unter seinen Füßen war wie Samt.

Die Luft wirkte Wunder in ihm. Sie befreite seine Lungen und er spürte, wie eine bislang unbekannte Freude in ihn eindrang und mit jedem Atemzug wieder nach außen strömte. Der Himmel zeigte sich voller Farben, nicht nur blau, sondern in allen Farben des Regenbogens. Der wölbte sich leuchtend wie ein Zeichen des Sieges über die ganze Schöpfung. Zu seinem Erstaunen entdeckte Sam am Fluss Menschen, die er kannte.

Zuerst erkannte er seine Mutter. Sie kam sofort auf ihn zugeeilt, als sie ihn am Flussufer stehen sah. Bevor er auch nur ein Wort sagen konnte, hatte sie ihn in ihre Arme geschlossen. Sie standen da und lachten. Er hatte seine Mutter nie so gelöst und frei erlebt. Alle seelischen Schmerzen, die sie so lange mit sich herumgetragen hatte, waren offensichtlich vergangen, und das zu sehen, machte auch sein Herz frei. Dann kam nach ein paar Augenblicken ein junger Mann herbei und griff zärtlich nach ihrer Hand. Sam drehte sich unsicher zu ihr um in der Hoffnung, eine Erklärung zu erhalten.

»Sam, willst du deinen Bruder nicht begrüßen?«, fragte sie freundlich.

»Meinen Bruder?«, erwiderte Sam verwirrt. »Ich verstehe nicht. Ich bin ein Einzelkind. Ich habe keine Brüder.«

Bei diesen Worten brach seine Mutter, noch immer lächelnd, in Tränen aus. Es waren Tränen der Freude und Sam wartete, bis sie sich wieder gefasst hatte.

»Doch, Liebling, du hast einen Bruder. Zwei Jahre nachdem du geboren wurdest, wurde ich wieder schwanger. Aber ich hatte eine Fehlgeburt. Ich war darüber so traurig, dass ich niemandem etwas sagte – nicht einmal deinem Vater. Es hat mir das Herz so sehr gebrochen, dass ich jede Erinnerung an das Ungeborene verdrängt habe. Ich dachte, ich hätte ihn verloren, bevor ich die Möglichkeit hatte, ihn wenigstens einmal im Arm zu halten. Ich dachte, auch meine Liebe zu ihm müsste sterben. Aber da habe ich mich geirrt, denn wie wir alle entdeckt haben, hört die Liebe niemals auf.«

Sein Bruder umarmte ihrer beider Mutter und sagte: »Ich habe am Tor auf sie gewartet. Ich habe lange gewartet, bis ich sie in den Arm nehmen und ihr sagen konnte, wie sehr ich sie liebe.«

Sams Bruder streckte die Hand aus und zog auch ihn an sich. Dabei flüsterte er: »Ich habe auch auf dich gewartet, Bruder. Wir haben uns viel zu erzählen und jetzt haben wir eine ganze Ewigkeit Zeit füreinander.«

Nachdem Sam die beiden noch einmal umarmt hatte, zeigte seine Mutter zum Fluss hinunter.

»Ich glaube, Elizabeth würde auch gern mit dir reden, Liebling. Möchtest du ihr nicht auch Hallo sagen?«

Sam sah zu der jungen Frau hinüber. Sie war umstrahlt von einem hellen Licht, das ihre Schönheit noch mehr hervorhob. Seine Ex, die Eine, von der er so lange geglaubt hatte, sie sei seine Seelenfreundin. Langsam ging er auf sie zu. Sie pflückte ein paar Blumen und als Sam nur noch wenige Schritte von ihr entfernt war, sah sie auf und lächelte.

»Hallo.«

»Hallo«, erwiderte Sam. »Ich habe nicht geglaubt, dass ich dich jemals wiedersehen würde.«

Sie lachte unbeschwert: »Ich habe es immer gehofft.«

»Ich auch«, entgegnete er.

»Und jetzt ist es soweit.«

Sam staunte, wie frei und sicher er sich fühlte. Die Situation war überhaupt nicht peinlich. Es wurde keine Entschuldigung von ihm erwartet und auch er wünschte sich nicht, von ihr eine Entschuldigung zu hören. Es herrschte völlige Eintracht zwischen ihnen.

»Ehrlich gesagt hätte ich nicht gedacht, dass du überhaupt noch mit mir reden würdest«, sagte er.

Sie lächelte wieder. »Das ist das Beste am Himmel, nicht wahr? Alles, was in unserem ersten Leben kaputt gegangen ist, wird hier wieder heil gemacht.«

Sam sah sich um. Alle waren fröhlich, lachten, verstanden einander. Er staunte über die Harmonie, die überall herrschte.

Elizabeth ging auf Sam zu und fragte ganz ungezwungen: »Nimmst du mich mal in den Arm?«

Sam war völlig verdattert. Seit sie auseinandergegangen waren, war er davon überzeugt gewesen, sie würde erkennen, dass sie tatsächlich zusammengehörten, wenn er sie nur noch einmal in den Armen halten könnte. Er sagte nichts. Stattdessen zog er sie in seine Arme und drückte sie an sich. Er spürte weder Ärger noch Bedauern, weder Trauer noch Enttäuschung, und während er sie so hielt, ging ihm etwas auf, was er nie für möglich gehalten hätte. Nach langem Schweigen lockerte er die Umarmung, hielt sie aber immer noch und sah ihr in die Augen.

»Du bist nicht die Eine«, stellte er voll Erstaunen fest.

Sie lächelte.

»Nein, aber ich hatte einen besonderen Platz in deinem Leben, so wie du in meinem.«

»Das verstehe ich nicht. Als du mich verlassen hast, dachte ich, ich hätte meine Seelenfreundin verloren.«

Sie bückte sich, pflückte am Flussufer eine Blume und gab sie Sam. Er sah auf sie hinab und sie beugte sich vor und flüsterte ihm ins Ohr: »Ich habe deine Seelenfreundin kennengelernt. Glaub mir, sie ist es wert, dass du auf sie wartest.« Und als sie das gesagt hatte, begann sie sich von ihm zu entfernen.

Sam starrte ihr ein paar Sekunden nach und versuchte zu verstehen, was sie gerade gesagt hatte. Dann rief er ihr hinterher:

»Ich liebe dich immer noch, das weißt du, nicht wahr? Ich werde dich immer lieben.«

Sie lachte. »Natürlich wirst du das. Die Liebe hört nie auf, hast du das schon vergessen?«

»Warte!«, rief Sam erneut. »Was ist mit meiner Seelenfreundin? Wer ist sie?«

Sie lächelte wieder. »Wenn du sie im Arm hältst, wirst du es wissen. Das verspreche ich dir.«

Und damit war sie gegangen und rief nur noch einmal, ohne sich umzudrehen: »In meinem Leben wirst du immer etwas Besonderes sein, Sam Walker. Unsere Liebe wird immer in unseren Herzen leben, denn hier hört die Liebe niemals auf, mein Prinz.«

Als sie fort war, wurde Sams Aufmerksamkeit auf zwei Männer gelenkt, die ihm etwas zuriefen. Auf den ersten Blick erkannte er keinen von beiden, aber er spürte in seinem Herzen eine überschäumende Liebe zu ihnen und deshalb ging er auf sie zu, um sie zu begrüßen.

»Hallo«, sagte er. »Ich bin Sam.«

Die beiden lachten und der ältere schloss ihn sofort in die Arme.

»Du weißt, wer ich bin, nicht wahr?«, fragte er mit echtem Interesse.

»Um ehrlich zu sein, nein«, erwiderte Sam. Der Mann lachte erneut.

»Na, dann soll dein Vater mich dir einmal vorstellen.« Beide lachten wieder. Und plötzlich dämmerte es Sam, dass der Mann sein Großvater war und der andere neben ihm sein Vater. Sein Vater lachte laut heraus und schlug sich auf die Schenkel und dann nahm auch er Sam herzlich in den Arm.

»Wie schön dich wiederzusehen, mein Sohn«, sagte er.

Sam starrte ihn an und musste wieder einmal darüber staunen, was er empfand, denn es war etwas völlig anderes als alles, was er je für seinen Vater empfunden hatte. Sein ganzes Leben hatte schon allein der Gedanke an seinen Vater ihm den Magen umgedreht und ihn wütend gemacht. Doch nun durchströmte ihn nur noch ein Gefühl der Liebe. Da waren keine Narben mehr, für die sein Vater sich hätte entschuldigen müssen. Lachend schüttelte er den Kopf.

Dann sah er wieder seinen Vater an und sagte: »Ich verstehe das nicht. Wenn ich hier so stehe, spüre ich nichts als Liebe zu dir. Aber wie kann das sein? Im Herzen habe ich dich mein Leben lang gehasst. Und jetzt ist da kein Schmerz mehr, kein Kummer, nur eine wunderbare Einheit und Liebe zu dir.«

Sein Vater lächelte.

»Weißt du, Sohn«, sagte er, puffte ihn freundlich in die Rippen und merkte nicht, dass Sam nichts verstand. Er drehte sich um und zeigte auf alle und auf alles, das ringsum im Licht von Gottes Vollkommenheit erstrahlte: »Das ist, weil hier alle Wunden schon geheilt wurden. Alles, was ich dir je angetan habe, und alles, was mein Vater mir angetan hat, auch alle Schmerzen, die du jemals einem anderen zugefügt hast, sind fort. Deshalb hast du das Gefühl, dass ich dir nichts mehr schuldig bin, keine Entschuldigung und auch sonst nichts. Auch deine Schuld anderen gegenüber, alles, was du anderen zugefügt hast, ja, die Schuld der gesamten Menschheit wurde ein für allemal bezahlt. Von einem Anderen.«

»Von wem?«

Sams Vater hob die Brauen: »Du weißt es wirklich nicht?«

»Was weiß ich nicht?«

Er fasste seine Hand und wartete, bis Sam ihm aufmerksam zuhörte, bevor er weitersprach: »Der Grund, weshalb es hier in dieser neuen Schöpfung keinen Schmerz, keine Narben und kein Bedauern mehr gibt; der Grund, weshalb wir alle in alle Ewigkeit mit nichts als reiner Liebe im Zentrum unserer Beziehungen leben können. Das alles hat einen Grund. Einen, den keiner von uns je für möglich gehalten hätte und der doch schon vor der Erschaffung dieser Welt für uns geplant war.«

»Was ist der Grund?«, fragte Sam. Jetzt wollte er unbedingt die Antwort wissen.

Aus den Augen seines Vaters begannen Tränen zu fließen. Freudentränen. Er kämpfte einen Augenblick gegen sie an und erwiderte dann mit dem Lachen eines unschuldigen Kindes: »Durch seine Wunden sind wir geheilt.«

Und dann, gerade als Sam fragen wollte: »Durch wessen Wunden?«, brach um sie herum ein gewaltiger Donner los und riss ihn aus seiner himmlischen Vision zurück in die Festung, in der gerade eine heftige Auseinandersetzung stattfand.

Der Zusammenprall, der Sams Vision so abrupt hatte enden lassen, dröhnte immer noch in seinen Ohren. Er sah sich um und stellte entsetzt fest, wie Gott und der General durch die Wucht ihrer Schläge rückwärts flogen. Der General fiel und überschlug sich mehrmals, bevor er den Schwung nutzte, um wieder auf die Beine zu kommen. Gott dagegen blieb zusammengekrümmt am Boden liegen und schnappte nach Luft.

Der General ging zu ihm hinüber. Er zwang ihn aufzustehen und lehnte ihn gegen eine der steinernen Säulen. Dort nagelte er ihn mit einem gewaltigen rechten Haken fest, gefolgt von einem Kinnhaken, der die Erde zu erschüttern schien. Gott wäre wieder gefallen, hätte der General ihn nicht mit seiner Linken an die Säule gedrückt, wo er ihm noch ein paar schnelle Schläge ins Gesicht versetzte. Obwohl Gott machtlos war und nicht zurückschlagen konnte, war der General noch nicht fertig – ganz und gar nicht. Er hob ihn hoch, hoch über seinen Kopf, und schleuderte ihn dann mit aller Gewalt an eine der nächsten Säulen. Gott schrie auf, als durch den Aufprall seine Seite aufplatzte. Er stöhnte in Todesqual, als Blut und Wasser aus der Wunde strömten. Sein Gesicht war rot.

In den folgenden Minuten setzte der General seine Strafaktion erbarmungslos fort. Er zerrte Gott durch den Hof und nutzte jede der zehn Säulen als Hilfsmittel für seine wilden Angriffe. An jeder malträtierte er ihn mit brutalen Schlägen, Haken und Kopfnüssen.

Der Anblick war entsetzlich. Sam konnte kaum zusehen, sich aber auch nicht abwenden. Irgendwie wusste er, dass dies alles wegen Gottes nie endender Liebe zu ihm geschah. Es hätte nicht so weit kommen müssen. Er hätte Sam einfach loslassen, ihn aufgeben können. Aber er hatte es nicht getan. Er war gekommen, um ihm seine wahren Absichten zu zeigen: dass es nichts gab, absolut nichts, nicht einmal sein Leben, das er nicht zu opfern bereit war, damit Sam die Tiefe seiner Liebe erkennen und daran glauben konnte.

Der General hielt seinen Hass nicht mehr zurück, sondern ließ sich ganz davon verzehren. Seine Brutalität kannte keine Grenzen. Sam sah voller Entsetzen zu, wie er Gott ein letztes Mal packte, über seinen Kopf hob und dann ein letztes Mal niederwarf. Mit einem heftigen Fußtritt in das Gesicht des zerbrochenen Gottes beendete er schließlich seinen wilden Angriff.

Gott blieb reglos liegen. Das Blut, das ihm aus der Seite rann, bildete eine Lache. Sein Gesicht, blutig und geschunden, drehte sich langsam zur Seite und er versuchte noch einmal Luft zu holen. Aber er schaffte es nicht. Die Verletzungen waren so schwer, dass es keine Rettung mehr gab, und jeder in der Festung wusste es.

Der General knurrte wie ein Tier, wandte sich von dem Häufchen Elend auf dem Boden ab und holte tief Luft. In Gedanken kalkulierte er bereits den nächsten Schachzug. Ein hinterhältiges Lächeln breitete sich langsam auf seinem Gesicht aus – in seinem finsteren Sinn nahm eine neue Idee Gestalt an. Er trat zu Sam, setzte sich neben ihn und wartete.

Schließlich fragte er: »Willst du dich nicht bei mir bedanken?«

In Sams Kopf ging alles durcheinander. In seinen Augen, die er noch immer auf den besiegten Gott gerichtet hielt, spiegelte sich Entsetzen. Wie in Zeitlupe wandte er sich dem General zu. Sein Gesicht war kalt wie der Winter, den er so verabscheute. Sam fragte zurück: »Wofür soll ich dir danken?«

Der General senkte den Kopf noch tiefer und versuchte, Sams Blick einzufangen: »Haben wir nicht genau darüber gesprochen? Warst du nicht vorhin noch mit mir einig, dass dies das Beste für die Menschheit wäre: Gottes Tod? Das Ende der Gottheit, die doch nur lebt, um die Menschen zu enttäuschen? Ist dies nicht genau das, was auch du in deinem tiefsten Inneren für die Lösung hältst, um in Frieden auf dieser Erde zu leben?

Sieh doch, die Chance für Frieden ist nur einen Atemzug entfernt – soll ich sie denn auslassen? Oder soll ich dafür sorgen, dass dein Traum von einem Leben ohne einen unerwünschten Gott in Erfüllung geht? Sieh genau hin und frage dich selbst: Was für ein Gott ist das denn? Alle unsere Diskussionen über seine Schwachheit haben sich bestätigt; ja, du hattest Recht, du hattest immer Recht. Gott ist deiner nicht wert. Er ist überhaupt niemandes wert. Sag nur ein Wort und ich befördere diesen erbärmlichen Gott ins Grab.« Damit erhob er sich und begann, durch den Hof zu wandern.

Sams Schultern verspannten sich. Verstohlen beobachtete er, wie der General ganz ungezwungen durch das Gelände streifte, das sie beide gefangen hielt. Er saß in der Zwickmühle, eingeklemmt zwischen der Entscheidung, sich von einem enttäuschenden Gott loszusagen, und der Realität eines Gottes, der bereit war sich zu opfern, damit Sam frei sein konnte. Sein Denken war blockiert, aber unter dem Eindruck des Gesehenen gingen seine Gedanken trotzdem weiter. Wieso hatte Gott ihn nicht einfach aufgegeben? Wieso war er nicht im Mantel seiner eigenen Herrlichkeit weitergegangen? Warum trug er immer noch Sams Bild, seine alte Jacke? Weshalb war er nicht in all seiner göttlichen Gewalt und Macht gekommen und hatte Sam gezwungen, sich ihm zu unterwerfen? Wozu die Schwäche, die Verletzlichkeit, ja der Tod durch die Hand des Generals? Blutüberströmt lag er mitten im Hof und der Erdboden war allmählich getränkt von seinem Blut. Sein Herz war alles, was ihm noch Kraft gab, doch sein Leib, für Sam gebrochen, hatte nichts mehr zu geben.

Die Gottheit wurde wieder zu Staub.

Sams Denken war verhärtet, betäubt und zu nichts mehr zu gebrauchen. Er hatte sein Urteil bereits gefällt, sich gegen ihn entschieden, doch der geopferte Gott da vor ihm hatte alle seine vorgefassten Schlüsse umgekehrt. Der Schuldspruch war bereits gesprochen. Sam war angeklagt als Versager, schuldig der Ingangsetzung und Mitwirkung an der finstersten persönlichen Katastrophe, die überhaupt möglich war. Zumindest hatte er sich als Zuschauer schuldig gemacht, der sich weigerte, dem entrechteten Opfer zu helfen.

Der General hatte überzeugend und klar dargelegt, wie Gott Sam, ja, jeden an einem unmöglichen Maßstab messen wollte. Sam hatte das alles ganz klar gesehen und der General hatte es bestätigt und auf vielerlei Art dargelegt, wie wahr das alles war. Aber was war Wahrheit? Ein gebrochener Gott, der in seinem eigenen Blut ertrank, weil er Sam retten wollte? Ein Gott, der einen Plan hatte, wie er jede Wunde heilen, alles Verlorene wiederbringen und dafür sorgen würde, dass die Liebe nie aufhörte?

Er rannte zu Gott, fiel neben ihm auf die Knie und versuchte verzweifelt, das Blut zu stillen, aber umsonst. Er war so brutal zusammengeschlagen worden, dass kein Zweifel bestand, dass alles Blut vollends aus ihm herausströmen würde. Sam versuchte weiterhin, irgendetwas zu tun, um ihn zu retten. Aber vergeblich.

Der General beobachtete Sam aus einiger Entfernung, amüsiert und angewidert zugleich. Spöttisch rief er ihm zu: »Wieso versuchst du, ihn zu retten? Wenn er wirklich Gott ist, lass ihn doch in Ruhe, dann kann er sich selbst retten!«

Sam war durchweicht vom Blut aus Gottes Wunden. Er wollte helfen, aber was konnte er tun? Er konnte nichts tun. Er weinte, weil er Gott verloren hatte.

»Warum hast du das getan?«, flüsterte er. »Warum gibst du dein Leben auf? Ich bin es nicht wert. Wieso hast du mich nicht einfach gehen lassen? Das wäre bestimmt besser gewesen.« Doch in diesem Augenblick durchzuckte eine göttliche Erleuchtung sein Herz, die ihn erzittern ließ:

Für Gott war Sam es wert.
Für Gott war Sam mehr wert als sein eigenes Leben.

Diese Erkenntnis durchdrang selbst die härtesten Stellen seiner Seele und er bekannte: »Es tut mir leid, Gott, aber ich kann dich nicht retten. Was soll ich machen? Wenn ich irgendetwas tun kann, dann sag es mir doch bitte.«

Gott sah Sam in die Augen, obwohl er selbst kaum etwas sehen konnte, und erwiderte: »Glaube – glaube, dass ich dich liebe, dass ich dich immer geliebt habe, mehr als mein eigenes Leben.«

Damit tat er seinen letzten Atemzug – und starb.

Sam starrte ihn an. Ein Meer der Liebe lag da vor ihm, jetzt nur noch ein blutverschmierter Leichnam. Wie konnte er sterben? Der Eine, der den Anfang geschaffen hatte, war nun durch den Tod an sein Ende gekommen. Nicht weil er schwach war, sondern wegen seiner Stärke. Er war zum Opfer seiner eigenen unerschöpflichen Liebe geworden.

Nein! dachte Sam und schüttelte verzweifelt den Kopf. Das konnte nicht wahr sein. Gott konnte lieben, das war sein gutes Recht, aber es musste eine Grenze geben. Um seiner selbst willen. Aber für Gott war ein Meer der Liebe nicht genug, denn auch ein Meer hatte trotz seiner Weite eine Grenze. Sam rang mit der Erkenntnis, die sich ihm hier präsentierte. Gott wollte lieber sein eigenes Leben enden lassen als seiner Liebe Schranken setzen. Ja, selbst im Tod ging seine Liebe weiter. Sam konnte ihren Herzschlag spüren. Die unbeugsame Macht der Liebe durchströmte seine Seele. Gott war gestorben, aber Gottes Liebe war in seinem Herzen lebendig geworden. Und es schien, als hätte das nur möglich werden können, weil er dieses Opfer, das um seinetwillen geschah, miterlebt hatte.

Er blieb auf den Knien. Sein Blick ruhte auf Gott, der nicht mehr lebte, vom Tod verschlungen um seinetwillen. Hinter sich hörte er die Schritte des Generals näherkommen und kurz vor dem blutigen Haufen stehenbleiben.

»Steh auf, Kamerad«, befahl er, doch nicht mehr mit der von Wut verzerrten Stimme, mit der er Gott entgegengetreten war, sondern wieder freundlich und einladend wie ein Verbündeter. Aber er war kein Verbündeter. Sam hatte die Wahrheit erlebt, die keine Lüge ihm wieder rauben konnte.

Er rief erneut: »Steh auf, Kamerad. Der Krieg ist gewonnen und wir sind Sieger. Wir haben gerade den Tod Gottes und den Anfang des Friedens herbeigeführt. Endlich Friede auf Erden!«

Sam sagte nichts. Er glaubte die Lüge nicht. Nicht jetzt und nie wieder. Der General war ein Betrüger erster Klasse, mit seiner Wortgewandtheit verstand er es geschickt, Ansichten und Meinungen zu lenken. Sam erkannte jetzt, wie er in seine Lügen und bösen Pläne hineingelockt worden war. Aber jetzt war alles anders. Der General redete weiter, versprach Königreiche und Kronen, aber Sam hatte seine Stimme bereits ausgeblendet. Er wollte nichts mehr mit ihm zu tun haben. Er wollte überhaupt nichts anderes mehr als den Gott, der sein Leben für ihn gegeben hatte.

Sam dachte an sein eigenes Leben und dort, in der Tiefe seiner Seele, in den tiefsten Tiefen seines Wesens, gab er alles auf, was sein war. Er legte sich zu Gott, der nun blutgetränkt war, und umschlang ihn mit seinen Armen. Er wollte nichts mehr, als mit ihm vereint zu sein. Nichts anderes, als eins sein mit seinem Herzen. Sein ganzes Leben lang hatte er die Zurückweisung seines leiblichen Vaters mit sich herumgetragen. Nun konnte er nicht von seinem himmlischen Vater lassen. Er konnte sich nicht von seiner Liebe lösen. Die Versprechungen des Generals und seine eigene Sicherheit kümmerten ihn nicht mehr. Auch sein Leben war ihm egal. Wozu auch, wenn er allein weitermachen musste, wenn dieser große Gott der Liebe nicht mehr dazugehörte?

Ungläubig beobachtete der General, wie Sam sich an den Leichnam klammerte, Gesicht und Körper eng aneinander gepresst. Das Blut Gottes verband sie beide und als Sam die Augen schloss, spürte er, wie zum ersten Mal seit Kindertagen wieder Tränen über seine Wangen rollten. Er weinte, während die Wahrheit in ihrer ganzen Fülle ihn ganz in Beschlag nahm. Gott war wahrhaftig sein Vater der Liebe, der nicht davonlief, sondern herbeigelaufen kam, um ihn zu retten. Sam war sein Sohn, er war geliebt. In diesem Moment des Begreifens wurde die Finsternis im Zimmer des Sechsjährigen endlich vom Licht des Lebens umgewandelt. Sein ganzes Wesen wurde verändert. Er konnte es spüren. Eine Krone der Schönheit ersetzte die Asche der Ablehnung. Freudenöl überwand die Mauern der Trauer.

Nie hatte er sich so lebendig gefühlt wie jetzt, wo er neben Gott lag, um zu sterben. Endlich hatte er den wahren Gott erkannt: den Einen, der nie vorhatte, ihn zu verurteilen. Stattdessen hatte er für ihn ein göttliches Opfer gebracht. Und so, mit dem Samen der Liebe in seinem Herzen und heilenden Tränen auf den Wangen, bekannte er: »Ich glaube – aber ich kann nicht allein glauben. Und ich kann nicht allein weitergehen, denn ich liebe dich auch.« Und unter Tränen flüsterte er: »Mehr als mein eigenes Leben.«

Sein Bekenntnis hallte durch seine Seele. Sam klammerte sich eng an den Vater, schloss die Augen und tat seinen letzten Atemzug. Er lag mit Gott im Tod, er hielt ihn fest und das Unmögliche geschah – sie waren vereint in göttlicher Umarmung.

Der General war schockiert. Was hatte er doch für ein unverschämtes Glück, dass Gott sein Leben opferte, um Sam zu retten, und dass der dann sein Leben freiwillig gab, für einen toten Gott!

»Was für ein Idiot!«, bellte er verwundert und begeistert. Immer noch perplex über diese unerwartete Wendung der Ereignisse näherte er sich vorsichtig dem blutigen Haufen in der Mitte des Hofs – bis er den Rand der roten Lache erreicht hatte, der sie umgab. Diese Grenze wagte er nicht zu überschreiten. Er starrte auf den Boden. Zwei Männer, durch und durch rot, man konnte sie kaum noch voneinander unterscheiden. Was war Gott und was war Sam? Es war, als seien sie in Gottes Blut zu einem Einzigen geworden. Er lachte in sich hinein. Der wahre Herr der Ewigkeit war doch der Tod! Nicht einmal der Schöpfer des Lebens höchstpersönlich konnte sich gegen diesen Tyrann erheben, ohne von seinem Grimm verschlungen zu werden.

Der General jubelte. Er bewegte sich wie im Tanz und die Augenblicke erschienen ihm wie Tage, während er seine eigene Größe besang: »Ich bin – und neben mir gibt es keinen anderen mehr!«

Der General war überwältigt von hämischer Freude. Er hatte den größten Sieg aller Zeiten errungen. Der Thron der Ewigkeit war leer und nun würde er ihn besteigen. Im Siegesrausch lief er durch die Festung, rühmte die Mauern für ihre Hilfe und Dienstbarkeit und versprach ihnen eine lange und glückliche Zukunft unter seiner Herrschaft. Er lachte. Wie süß war doch so ein Sieg.

Doch dann wurde seine Feier durch ein unmögliches Geräusch unterbrochen.

Irgendjemand atmete!

Er wirbelte herum und traute seinen Augen nicht. *Das konnte nicht sein!* Vor ihm stand die Kraft Gottes, aber in der Gestalt von Sam. Die beiden waren irgendwie eins geworden. Sam war Gottes Körper und Gott war Sams Lebensquelle. Sie waren im Tod vereint gewesen, doch nun lebten sie – irgendwie – wieder als ein einziger Mensch, ein Gott, und standen nun schweigend vor ihm. Nicht mehr zwei blutige Leichen in einem See der Niederlage, sondern auferstanden und vereint im Sieg ... als Einer.

Der General wurde fast wahnsinnig bei diesem Anblick! Sam betrachtete seine Hände und sah, dass sie die ganze Welt zusammenhielten. Seine Hände hatten das Universum geschaffen, die Sterne, die Welt. Sie waren nicht mehr aus Staub, sondern aus Gott. Das waren nicht mehr seine alten Hände. Nein, er war eine neue Schöpfung, mit den Händen Gottes, dem Leib Gottes. Er war zu einem göttlichen Wesen geworden.

Er blickte zum General hinüber, dem Mann, der Gott in Stücke gerissen und seinen Tod herbeigeführt, dem Mann, der nichts von seiner Wut zurückgehalten und es gewagt hatte, Gott zu töten. Doch er sah ihn nicht mit den Augen eines Menschen, der Vergeltung suchte, sondern mit den Augen Gottes. Wie anders das war. Er sah durch das reinste Wesen Gottes. Es war jetzt Teil von ihm und offenbarte ihm eine unwiderlegbare Wahrheit: Die Liebe sucht nicht das Ihre, sie rechnet das Böse nicht zu, sie hofft alles, sie hört niemals auf.

Sam empfand einen Frieden, der alles Denken übersteigt. Er hatte den einen wahren Gott erkannt und erfuhr, wie sein Wesen in ihm lebte, die DNA unwandelbarer Liebe. Wieder sah er zum General hinüber. Trotz aller Ungeheuerlichkeiten, die er begangen, trotz alles Bösen – Sam konnte ihn nicht verurteilen. Nein, vielmehr durchströmte Erbarmen die Festung. Er wollte den General nicht verdammen; er dachte nur an Versöhnung und er bat für den General: »Vater, vergib ihm, denn er weiß nicht, was er tut.«

Sam konnte vergeben, aber der General war erbost. »Vergebung? Ich brauche keine Vergebung«, presste er hervor. »Ich habe nichts Verkehrtes getan – *nichts!*«

Die Augen der Liebe sahen ihn unverwandt an. Wie er diesen Anblick hasste! Er wollte nichts wissen von einem Gott der Liebe. Er wollte gesagt bekommen, dass er ein Feind war. Er wollte angeklagt und verurteilt werden, damit er protestieren und alle von seiner Sicht überzeugen konnte, indem er auf eine so ungerechte Behandlung hinwies. Er wollte die Gelegenheit finden, Gott als unfair abzustempeln. Er wollte Feuer mit Feuer bekämpfen.

Wie er auf Verurteilung zu reagieren hatte, das wusste er, aber auf Liebe? Ein Angebot der Versöhnung trotz seiner Schuld und seines Verrats, das war für ihn die größte Tragödie. Dagegen hatte er kein Mittel. Die Gnade hatte ihn entwaffnet und er wusste nicht, wohin er fliehen sollte. Die gute Nachricht völliger Versöhnung als kostenloses Geschenk hatte alle seine Pläne kraftlos gemacht. Er war bloßgestellt vom Licht der Liebe. Die Erkenntnis, dass er nicht verurteilt, sondern ihm stattdessen Versöhnung angeboten wurde, brachte ihn aus der Fassung. Er hasste diese Vorstellung; er hasste das Gefühl, Gott nicht mehr als jemanden darstellen zu können, der Loyalität nicht wert war. Nein, das konnte er nicht ertragen. Die Hand der Liebe war ausgestreckt, aber sein Herz wandte sich von ihr ab.

Verzweifelt schrie er: »Nie. Du bist ein böser Herrscher. Du bist ein bestechlicher Richter. Du bist ein ungerechter König! Nein, nie werde ich glauben, dass du ein Gott der Liebe bist – nie!« Mit diesen Worten floh er aus der Festung, gedemütigt von der Erkenntnis, dass er besiegt war, und entsetzt über die Tatsache, dass die Liebe wirklich niemals aufhörte.

Sam stand allein in der Mitte der Festung und um ihn herum erhob sich ein Wind. Er atmete tief ein. Die Luft war nicht nur um ihn, sondern auch in ihm. Er war ein Teil davon, denn er war nun ein Teil von allem. Er sah auf die Mauern, die ihn umgaben, die ihn so lange bestimmt hatten, und wusste, dass ihre Zeit vorüber war. Dennoch stürzten sie nicht ein, es gab kein Durcheinander, keinen Lärm. Stattdessen lösten sie sich leise auf. Steine, harte Steine, wurden in einem einzigen Augenblick vom Wind verschlungen. Eine völlig unverhoffte Veränderung.

Auch die zehn Säulen verschwanden. Sie waren die Stützen der Festung gewesen, aber nun waren sie nicht mehr nötig, um Sams Seele zu überwachen, nun, wo er vom unendlichen Geist Gottes befreit worden war. Sie verschwanden genauso wie die Mauern. Sam beobachtete, was da mit spielerischer Leichtigkeit um ihn herum vorging, und starrte noch einmal auf seine Hände. Die Hände Gottes.

Die Freude ließ ihm förmlich Flügel wachsen. In Lichtgeschwindigkeit wurde er zum Himmel emporgehoben und flog durch das Universum seiner Seele. Er war größer als alles; er war eins mit Gott. Er reckte sich und fing mit seiner Hand eine ganze Galaxie ein, als Zeichen seiner neuen Realität.

Überall um ihn herum explodierte das Leben und es fühlte sich an, als würde seine Seele sich ins Unendliche ausdehnen. Er stand auf dem Himmel, sein Herz jubelte und seine Seele sang. Die Luft umspielte ihn, Sterne tanzten um ihn herum. Seine Seele war erfüllt von dem neuen Leben, das ihn erobert hatte.

Er kannte Gott, denn er war jetzt eins mit ihm.

Die Wahrheit von Gottes unwandelbarer Liebe kristallisierte sich in seinem Geist heraus. Es stimmte. Die Liebe hörte niemals auf, denn Gott war Liebe, bereit, sich schlagen, ja, töten zu lassen, damit Sam für den Rest der Ewigkeit heil sein konnte. Eine solche Liebe hatte er nie gekannt und nun war er für immer eins mit ihr.

Es war ein Gefühl, als hätte er endlich seinen Kokon durchbrochen: *Neue Gedanken! Neue Farben! Neues Leben!* Das Alte war vergangen. Neues war geworden. Es war mehr als eine göttliche Offenbarung, es war eine göttliche Verwandlung. Er hatte das Gesicht der Wahrheit gesehen, den Geist der Gnade, das Licht des Lebens. Oh, wie herrlich es erstrahlte. Anders als das Feuer der Enttäuschung, das ihn so lange gequält hatte, machte dieses Licht ihn frei und entfachte in seinem Herzen eine nie endende Hoffnung. Es war ein Moment vollkommener Klarheit, der Jahre falschen Denkens entwaffnete. Der Hauch der Gnade hatte lebenslange Lügen einfach ausgelöscht.

Er atmete in der Fülle des Lebens. Geleitet von dem lebendigen Geist in ihm, begann er den Abstieg und stürzte hinab in das Meer des Lebens, das unter ihm lag. Wie anders fühlte sich dieser Fall jetzt an, im Vergleich zu jedem Sturz, den er früher erlebt hatte. Er fiel, aber nie hatte er sich so sicher gefühlt. Gespannt schaute er nach unten, während er auf das Wasser zuraste. Mit elegantem Schwung durchbrach er die Oberfläche und tauchte in die Tiefe. Sein Körper sank und seine Seele sang. Sein Herz hatte sich noch nie so lebendig angefühlt wie in diesem Augenblick.

Während er immer tiefer hinabsank, ging ihm auf, dass er sein Ziel noch nie so klar vor Augen gehabt hatte. Er ließ sich von der Strömung treiben und als er dort unter der Oberfläche schwebte, sah er, was der Himmel für ihn bereithielt. Er war überglücklich und sträubte sich nicht, als er in die Schatzkammer von Gottes endloser Liebe gezogen wurde. Voll ehrfürchtigem Staunen über die überwältigende Schönheit sah er die unausweichliche Realität seines Erbes. Es war eine Realität, die sich mit Worten nicht beschreiben ließ. Dennoch wusste er, dass ihm der ganze Schatz der Ewigkeit geschenkt war. Göttliche Liebe gab nicht nur einen Teil; sie gab alles, was sie hatte, und er staunte darüber, was es bedeutete, eins zu sein mit Gott.

Er wandte sich um und zu seiner freudigen Überraschung erkannte er, dass er sich zur rechten Hand Gottes befand. Mehr noch, ihm ging auf, dass dies genau der Moment war, den er einige Zeit vorher in seinem Traum erlebt hatte. Damals war er aufgefordert worden, die Frage noch einmal zu überdenken: »Womit habe ich das verdient?« Plötzlich wurde ihm alles klar.

Er lächelte Gott zu: dem Einen, der verwundet worden war, damit Sam heil werden konnte, der alles gab, damit Sam alles empfangen konnte. Endlich begriff er. Es war nie darum gegangen, was er getan hatte. Vielmehr ging es allein darum, was Gott für Sam getan hatte.

Er lächelte erneut und kommunizierte von Geist zu Geist – in der Grammatik Gottes – mit seinem himmlischen Vater:

Ich habe nichts getan, womit ich das verdient hätte. Es ist alles ein Akt deiner Gnade. Der Grund dafür ist deine Liebe zu mir.

Sams Herz war zum Überlaufen voll mit der unglaublichen Erkenntnis, dass Gott ihn nicht nur liebte, sondern dass er die Liebe selbst war und dass die Liebe weder Anfang noch Ende hatte. Sie konnte nicht getötet werden, denn sie war Gott – und Gott war ohne Ende. Die DNA Gottes war Liebe, die Liebe zwischen den Menschen, die Liebe, nach der jedes Herz sich sehnte. Jeder, der liebte, und jeder, der geliebt wurde, spürte die Umarmung Gottes.

Niemand erkannte, dass die Liebe weiterlebte, auch wenn sie scheinbar zu Ende ging, weil Gott einen größeren Plan hatte – eine neue Schöpfung auf der Grundlage seiner nie endenden Liebe. Einen Ort, der für alle Zeiten verkünden würde, dass die Liebe stärker war als Hass, Korruption und das Böse. Denn all dies würde vergehen, aber die Liebe würde für immer den Sieg behalten. Völlige Heilung, völlige Wiederherstellung und völlige Einheit würden unweigerlich kommen.

All das hatte der General nicht erkannt. Er hatte Gott getötet und erwartet, dass der Tod ihn nicht mehr loslassen würde. Stattdessen war neues Leben hervorgebrochen und hatte ein neues Zeitalter ewiger Freiheit mit sich gebracht. Gott hatte bewiesen, dass sein Wort wahr war – und Sam hatte jetzt erlebt, dass die Liebe nie ein Gefangener bleibt, auch nicht des Todes. Die Liebe hatte in sich eine Macht wie nichts sonst. Sie war vom Anfang der Zeiten dazu bestimmt, ewig zu dauern.

Er stieg wieder nach oben, erfüllt von Freude über sein verändertes Leben. Eine Revolution der Liebe floss nun durch jede Faser seines Geistes und verkündete die gute Nachricht von einer Liebe, die ewig dauern würde, und einem neuen, lebendigen Leben, das auf ihn wartete.

Er durchstieß die Wasseroberfläche und atmete tief durch – und als er die Augen öffnete, stellte er fest, dass er wieder in seinem Wohnzimmer stand. Gott war nicht mehr da und doch spürte er ihn bei sich, so intensiv wie noch nie. Auf dem Tisch standen das Brot und der Wein, die Gott vorhin mitgebracht hatte. Daneben lag ein Brief. Sam ging zum Tisch und nahm ihn in die Hand. Er war an ihn adressiert. Er holte sich ein Glas, schenkte es voll, brach ein Stück Brot ab und begann, Gottes Botschaft zu lesen:

Lieber Sam,

ich danke dir, mein Kind. Ich bin außer mir vor Freude, dass du dich in mir gefunden hast und ich mich in dir. Die Engel tanzen, der Himmel tobt vor Entzücken. Sie feiern mich und dich und unser gemeinsames Leben.

Ich schreibe diesen Brief, um es offiziell zu machen: Dies ist mein letzter Kontakt mit dir auf der Basis weltlicher Kommunikation; keine Lektionen mehr in irdischer Grammatik. Jetzt beginnt eine neue Art der göttlichen Verständigung; im Himmel ist sie bereits bestens eingeführt.

Ja, mein Sohn, es scheint mir gut, bei dir eine neue Methode des Geistes einzuführen! Denn meinen Geist kann niemand an sich reißen, um seine eigenen Pläne zu verfolgen, und er ermöglicht uns, unsere Gedanken und Vorstellungen unverfälscht auszutauschen, ohne dass sich irgendwelche Propaganda daruntermischt. Darum lass dich von meinem Geist leiten, wenn wir jetzt in der herrlichen Realität göttlicher Liebe miteinander leben.

Diese Worte – wie alle Worte, die auf Papier geschrieben werden – können von denen, die nicht dasselbe erlebt und erfahren haben wie wir, aus dem Zusammenhang gerissen werden. Das ist mir wohl bewusst. Und es ist mir auch klar, dass vielleicht Dritte eine Kopie dieses Briefes in die Hände bekommen können und entweder missverstehen, was ich sage, oder sie könnten ihn auch gebrauchen, um andere zu täuschen und zu manipulieren und ihre eigenen Gedankengebäude zu festigen.

Aber vergiss es nicht, Sam. Ich lasse mich nicht in Schubladen stecken. Ich bin größer als das Leben. Ich kann nur in Freiheit existieren. Unser gemeinsames Leben bewegt sich im endlosen Raum meines Herzens. Ich bin für immer dein Vater und ich freue mich, bei dir zu sein, dich zu beschützen und dich zu lieben.

Mein Kind, wir werden unsere Beziehung auf himmlische Art fortsetzen. Wir werden nicht mehr in der Grammatik der Erde und mit irdischen Worten kommunizieren, sondern in der Grammatik des Himmels und mit göttlichen Ausdrücken – einer neuen, lebendigen Form der Kommunikation. Freue dich daran, meine Stimme in dir zu hören, denn ich bin jetzt Teil deiner DNA. Wir sind im Tode eins geworden und nun für immer eins im ewigen Leben. Ich bin mit dir auf deinem Weg durch das Leben und du bist mit mir und herrschst gemeinsam mit mir im Himmel.

Bitte denke nicht, dass die Worte, die ich dir hier schreibe, uns verbinden. Dieser Brief soll dich nur daran erinnern, dass es für dich nun eine weit größere Wirklichkeit gibt. Wir sind in eine herrliche Gemeinschaft eingetreten, eine geistliche Gemeinschaft, denn ich lebe nun in dir und du in mir. Ich werde dich in Liebe leiten und du kannst in dieser Liebe ruhen.

Behalte diesen Brief und wenn du ihn liest, freue dich über all das, woran er dich erinnert. Aber vergiss nicht, er ist nur ein Zeugnis für das, was geschehen ist, aber nicht ich selbst. Dieser Brief ist voller geschriebener Worte, aber ich, ich bin in dir. Ich lebe und gehe mit dir, so wie du lebst und mit mir regierst. Ich werde immer bei dir sein. Mein ganzes Leben lang habe ich darauf gewartet, dich in den Armen zu halten. Durch dich bin ich vollständig geworden.

Lass nicht zu, Sam, dass Menschen mich in eine Schublade stecken und lass dich auch selbst nicht in Schubladen stecken. Denn dadurch könnte man uns auseinanderbringen. Nein, lass uns ohne Schubladen und Etiketten leben. Lass uns stattdessen in der Liebe leben.

Denn ich bin die Liebe und ich werde es immer sein.

Ende

Epilog

Sam stand in seiner Küche und holte tief Luft. Er spürte, wie ihm Tränen in die Augen stiegen. Er weinte. Er weinte um seinen leiblichen Vater. Er weinte, weil er ihm nach langer Zeit nun vergab, weil er ihm endlich vergeben konnte. Er hatte sich nie so lebendig gefühlt.

Er wischte sich über die Augen und dachte an seine wunderbare Mutter und wie sehr er sie liebte. Er musste ihr erzählen, dass er mit Gott eins geworden und in seine göttlichen Arme gezogen worden war.

Er raste zum Schrank, riss die Tür auf und suchte nach seinem Mantel, aber der war nicht mehr da. Stattdessen hing da ein neuer Mantel. Das Alte war vergangen, Neues war geworden. Eine ständige Erinnerung an das, was Gott für ihn getan hatte. Sam lächelte. Er nahm den Mantel aus dem Schrank und probierte ihn an. Er passte perfekt, wie maßgeschneidert für ihn. Er lachte, denn er wusste in seinem Geist, dass Gott, der himmlische Künstler, ihn persönlich für ihn angefertigt hatte.

Er rannte die Treppe herunter, stürzte zur Haustür hinaus – und prallte mit einer jungen Frau zusammen, die gerade hineingehen wollte. Um die Kollision etwas abzumildern, packte er sie und schwang sie herum, bis er sein Gleichgewicht wiedererlangt hatte. Einen Moment lang blieben sie schweigend stehen und sahen sich in die Augen. Sam lächelte.

Und auf einmal wusste er es – sie war die Eine.

»Hi, Sam, erinnerst du dich an mich?«, fragte sie.

»Natürlich. Ich hatte heute Morgen keine Möglichkeit, mich von dir zu verabschieden.«

»Ich weiß. Es tut mir leid, dass ich so schnell weg musste. Aber ich musste zur Arbeit und es war schon spät und du warst im Bad und, na ja, das Ganze war mir peinlich, weil ich so etwas noch nie gemacht habe, und da hatte ich Panik.«

»Schon gut, wirklich«, sagte er. »Aber ich freue mich, dass du wieder da bist.«

»Echt? Das ist toll. Ich hatte schon Angst, du würdest mich vielleicht nicht wiedersehen wollen. Aber ich wollte es herausfinden. Ich bin nur schnell von der Arbeit weg und wollte dir sagen, dass wir uns ja vielleicht wieder mal treffen könnten, zum Kaffee vielleicht?«

»Kaffee? Du magst Kaffee?«, fragte Sam.

»Na klar. Guter Kaffee ist wie gute Gedanken, man muss ihn genießen«, sagte sie. »Nun, das glaubt zumindest einer meiner Kunden. Er hat mir heute Mittag gezeigt, wie man einen tollen Espresso macht – ein wirklich interessanter Mann, aber«, so fuhr sie fort, »was Kleidung angeht, ist sein Geschmack unmöglich.«

»Unmöglich, hm?« Sam sah an seinem schicken neuen Mantel herunter und sagte: »Wahrscheinlich hatte er einen speckigen alten Wintermantel an.«

»Genau!«, rief sie. »Der war nicht nur alt, er war schon gestorben! Woher weißt du das?«

Sam grinste: »Nur so eine Vermutung.«

Sie kicherte und spielte nervös mit ihrem Haar. »Also, was meinst du, Sam? Möchtest du mal mit mir einen Kaffee trinken?«

»Klingt gut ...«

Die junge Frau sah ihn fragend an und lachte. Dann schaute sie ihm in die Augen und meinte neckisch:

»Du kannst dich nicht an meinen Namen erinnern, stimmt's?«

Kapitulierend hob er die Hände und bat lächelnd: »Kannst du mir einen Tipp geben?«

Sie lachte, wiegte glücklich den Kopf und erwiderte:

»Er fängt mit J an.«

Dank

Ich möchte die Gelegenheit nutzen und allen danken, die mir beim Schreiben geholfen haben: Stephen Shores, Andre van der Merwe, Heather Nokken, Michael Beil, Derek James Burge-Beckley, Eileen Bartig, Yannick Ulich und Lisa Lipman. Einen besonderen Dank an Stephen Morris und Ivars Osis.

Außerdem danke ich meiner Frau Mira, deren unglaubliche Unterstützung während des ganzen Prozesses eine besonders wertvolle Hilfe war. *Dieses Buch ist dir gewidmet, genauso wie mein Herz.*

Weitere Bücher von Mick Mooney

Look! The Finished Work Of Jesus
The Gospel Cannot Be Chained
Searching For Grace: Joining The Church (Comic)

www.searchingforgrace.com
www.mickmooney.com

Steve McVey

Auf dem Weg der Gnade

Christsein, wie du es dir immer erhofft hast

Erfolgs- und Leistungsdenken bestimmen unsere Welt. Doch wenn wir unseren Glauben so leben, sind wir auf dem Holzweg. Steve McVey schildert, wie er dies schmerzlich lernen musste – und wie dann das Geheimnis der Gnade Gottes alles verändert und er zur Ruhe in Christus gefunden hat.

208 Seiten, gebunden, ISBN: 978-3-943597-05-9
Bestell-Nummer: 371705

Andrew Farley

Das nackte Evangelium

Jesus pur. 100 % natürlich.
Ohne Zusatzstoffe.

Weg mit allem unnötigen Ballast, zurück zum Evangelium, wie es ursprünglich gemeint ist. Darum geht es Andrew Farley, der selbst erlebt hat, wie frommes Leistungsdenken in die Verzweiflung führen kann. Denn bei Weitem nicht alles, was christlich daherkommt, ist auch im Sinne Christi.

288 Seiten, gebunden, ISBN: 978-3-943597-15-8
Bestellnummer: 371715

Karin Schmid

Liebe dein Leben jeden Tag

365 ermutigende Dates mit Gott

365 Verabredungen mit Gott und seinem Wort hat Karin Schmid für die Leser vorbereitet – liebevoll und in dem Wissen, dass die tägliche Begegnung mit dem Höchsten Mut und Gelassenheit schenkt. Das hilft, schwierige Lebenssituationen zu meistern und destruktive Gedanken zu vertreiben.

416 Seiten, gebunden, ISBN: 978-3-943597-35-6
Bestell-Nummer: 371735

Rob Rufus

Ergreife das Unerreichbare

Sei bereit, deine Zeit ist gekommen

Wirkt Gott heute noch Zeichen und Wunder? Und ob! Christen sollten daher stets in der ihnen verliehenen Autorität dem Unheil und Bösen entgegentreten, sagt Rob Rufus. Der Pastor aus Hongkong ruft auf mitreißende Weise zu einem Glauben auf, der Gottes übernatürliches Eingreifen erwartet.

208 Seiten, Taschenbuch, ISBN: 978-3-943597-30-1
Bestellnummer: 371730

Weitere Bücher über
die Botschaft der Gnade
unter:

www.gracetoday.de